魔豆

炮灰要向上

vol.8

［完］

穿越變成復仇影后

香草 著

炮灰要向上

vol.8［完］

目錄

第一章・堇青的選擇

這一天，是足以記入修眞界史書的一天。

天空傳來強烈的威壓，修眞界的眾多生靈都感到一股從心底生起的戰慄感。

對靈氣完全沒有感知力的凡人倒是沒什麼，大部分修眞者也能抗得住，最慘的是那些剛踏足修眞界的菜鳥們，無一不被靈壓打趴，有些人甚至還得了內傷、吐了血。

一時各修眞門派都混亂了起來，吐血的吐血，忙著救人的救人。高層們一臉凝重地看著天上的異象，猜測到底發生了什麼事情。

當他們打探到情報，得知這天妖族的妖王堇青，以及無極門的掌門韓峻，前腳跟後腳地進行渡劫時，都露出一副難以形容的表情。

平常渡劫是難得一見的場面，多年也不見一次有人能渡劫成功；再加上因爲失敗率極高，因此即使修爲夠了，也會一拖再拖地待準備充足後才渡劫。

現在竟然同時兩個人一起渡劫，而且根據他們的情報，韓峻並沒有爲渡劫做出任何準備，這麼急匆匆地渡劫，竟然還成功了！

這絕對創了修眞界的歷史啊！

他們突然覺得渡劫好像沒想的那麼可怕了！

韓峻渡劫成功，便代表無極門突然沒有了掌門。所幸無極門有不少實力高強、能夠震懾其他門派的長老。加上前掌門林太源還在，無極門這才沒有混亂。

眾人隨即又想起韓峻追求堇青多年，他這麼急匆匆地渡劫，該不會是因爲收到了堇青渡劫的消息，這才臨陣磨槍也跟著去吧？

如果這還不是愛，那麼世上再也沒有眞愛了！

很多修眞者都因爲受不了天雷的轟炸而魂飛魄散，結果韓峻這傢伙卻在沒有任何準備下成功了，該說他……眞愛無敵嗎？

眾人都在猜測，也許天上的靈壓是因爲兩人同時渡劫成功而出現。只是歷史上從未有過兩人一起渡劫成功的例子，因此這個猜測到底是否正確，卻沒有人能夠肯定。

堇青並不知道因為她與韓峻一前一後渡劫，造成了修真界靈力動盪。此時面對著各執一詞的韓峻與團子，她正要艱難地做出一個決定。

為免被天道察覺到她這個外來者的存在，能給堇青猶豫的時間已經不多，她必須盡快做出決定。

堇青沉默片刻後，詢問團子：「團子，你喜歡我嗎？」

團子毫不猶豫地回答：「當然！我最喜歡青青了！」

堇青從小在娛樂圈打拚，早已練就看人的火眼金睛。她特意仔細觀察團子的語氣與感情，確定了它說這番話時是真心的。

看到堇青似乎被團子打動的表情，韓峻急了。

相較於團子熱情的表達，韓峻便顯得笨拙了：「阿堇，我對妳的心意是真的，我不會害妳。」

堇青往韓峻看去，這男人總是不懂得說些動聽的話。都到了這時候，就連「我愛妳」這三個字都不會說。

「青青，妳別被他騙了！這些日子以來他處心積慮地接近妳，與妳相戀，他的愛從來不是眞心的！」團子激動地說道，看著堇青的眼神，簡直像在看著爲了愛情而飛蛾撲火的愚昧少女。

韓峻沒有與團子爭辯，他只是向堇青伸出手：「阿堇，相信我。」

堇青凝望著韓峻執拗的雙目，詢問：「要是我選擇團子的話，它能給予我查清死因與復仇的機會。你可以給我什麼？」

韓峻不加思索地回答：「我可以給妳一個家……我想給妳一個家。」

堇青頓時心跳如雷。

堇青從來都是個做任何決定會經過深思熟慮的人，因爲她沒有任何依靠，因此從小便知道自己輸不起。

只要走錯一步，等待她的便會是萬丈深淵，卻沒有人會伸手把她拉上去。

可是這一次，她卻想放棄理智，遵從自己內心的想法。

她發現，自己無法抗拒韓峻給出的誘惑。

一個家，這是堇青在心底深處、想都不敢想的渴望。

記憶中都是她與韓峻一起走過的日子。

他們從沒有紅過臉，他們度過了很多甜蜜溫馨的時光。

腦海中閃過的影像，是許許多多照亮她的瞬間。

正因爲有韓峻的存在，令堇青的人生變得明亮起來。從來沒有獲得愛的人，也許對此並不會有任何期待。然而當她感受過被愛的感覺後，就發現失去了韓峻，她的人生竟變得沒有任何色彩，黯淡無光。

堇青幾乎是下意識地，便要拉住韓峻伸出的手。

堇青的手在快要握住韓峻之際，卻發現無法再往前移動半分，就像有一條無形的繩索把她束縛住，限制她的自由。

堇青立即回首往團子看去，見團子大大的眼睛滿載悲傷：「青青……妳竟然去相信那個壞人，眞是太過分了……」

團子終於忍不住哭了出來，它哭得就像個被拋棄的孩子，然而話裡的意思，卻讓人心裡一寒：「我這麼喜歡青青，還想著要是妳自願進入鏡靈空間，我便會在吞噬妳的時候動作快一些，讓妳不會痛。可是青青妳卻選擇那個壞人不選我，我生氣了！」

說到這裡，團子身後的九條尾巴無風自動，它收起眼淚，語氣再次變得輕快地說道：「不過沒關係，我還是最喜歡青青。即使妳選擇了這個壞人，我也不會討厭青青的。只要我把青青妳吃掉，青青妳就不會被這壞人帶走！」

團子說罷，鏡靈空間便出現了一股吸力，原本讓堇青能夠安心待著的空間，此時就像個吃人不見血的黑洞般，想要把她拉扯進去！

此時堇青正處於已脫離修眞界、一抹靈魂的狀態，在鏡靈空間的壓制下，更加失去了一身修爲，正是最爲脆弱的時候。

她根本無法抗衡鏡靈空間的吸力，反倒是身旁的韓峻卻完全沒有受到影響，鏡靈空間的力量顯然只針對堇青一人。

察覺到團子的小動作後，韓峻立即拉住堇青，偏偏團子對堇青靈魂的影響力意外地強大。幸好成功渡劫的韓峻已完全脫離了凡體，能夠觸碰到堇青的靈魂。他把堇青緊緊抱在懷裡，這才阻止了堇青被鏡靈空間吞噬。

此時韓峻很慶幸他在察覺到堇青渡劫後立即追過來，雖然因爲毫無準備而被雷劫擊得遍體鱗傷，最終撐著一口氣硬扛過去，然而這次要是韓峻不跟著過來，堇青只怕是凶多吉少了。

韓峻不能鬆開堇青，只能使出飛劍牽制著張牙舞爪向他們撲過來的團子。只是萬華鏡作爲吞噬眾多魂魄、在邪道上已有所成就的器靈，實力並不比韓峻弱多少；再加上鏡靈空間對於堇青魂魄的牽引，再這麼下去，韓峻只怕也護不住她。

韓峻把靈力聚集在雙眼看去，便見鏡靈空間散發出無數絲線，緊緊糾纏著堇青的靈魂。

「阿堇，這個空間等同鏡靈的『胃』。雖說妳與它訂立了契約，又曾多次在裡面停留，然而它對妳靈魂的影響力還是強得不尋常。妳仔細想想，在與萬華鏡訂立契約時，它有沒有在妳身上落下記號？平等的契約是不會對妳造成那麼大的束縛，它應該在與妳訂立契約時，偷偷在妳的靈魂下了印記。只要清除這個印記，妳便能獲得自由。」

聽到韓峻再次提及鏡靈空間是團子的「胃」，堇青想到自己之前無知無覺地多次待在對方的胃裡，便覺得毛骨悚然。

同時堇青還想到，自從她與團子訂立契約後，除了在小世界「工作」以外，唯一停留的地方便只有鏡靈空間。

也就是說，她一直在團子的掌控中。

團子把她的靈魂放在胃裡，這到底是有多想吃她，才會這麼做呀？

何況在他們相識的第一天開始，鏡靈空間便已是堇青除了小世界外一直待著的地方……

隨即堇青又想到，她第一次出任務時曾詢問過團子，既然她穿越到原主還未死亡以前去改變天道的軌跡，也就是說，在她佔據了原主身體的時候，原主理應還活著才對，那麼原主的靈魂到哪裡去了？

當時團子的回覆是，他們租用原主的身體，租金便是送原主的靈魂重入輪迴。因此原主的身體只是一具無主的空殼，堇青想怎樣用都可以。

也是因爲這樣，與韓峻相知相戀後，堇青便沒有任何壓力地使用原主的身分在小世界終老。

可現在團子卻露出了它的眞面目，萬華鏡竟然是喜好呑噬魂魄的邪惡器靈。

那麼，那些原主的靈魂，眞的如它所說般被送入輪迴了嗎？

當時團子受到重創，難道它看到這些原主的靈魂就不嘴饞？就不想吃進肚子裡補補身體？

實在是……細思極恐啊……

雖然堇青很想知道那些原主到底怎樣了，只是她現在自身難保，也只能先處理此刻的困境，才有餘力去擔心別人。

團子本就是強大的器靈，呑噬眾多靈魂後，一身靈力更被它修煉成沖天煞氣。

別看它外表一副軟萌無害的模樣，實力卻不比韓峻弱。

韓峻要護住堇青騰不開手，只能利用飛劍與它對戰，根本撐不了多久。團子身後的九條狐尾就像九條鞭子一樣，甩出來的力道招招致命。

幸好韓峻劍法高深，而且對敵時又是愈危急愈是冷靜的沉穩性格，在這逆境中不只沒有慌亂，更是愈戰愈勇。只是爲了護著堇青，好幾次差點兒被狐尾擊中，情況險象環生。

正在苦苦思索著團子到底會把印記落到哪裡的堇青，看見團子利用這副九尾狐模樣戰鬥時，不由得想起她好像與狐狸特別有緣啊！

現在回想起來，她與韓峻的初次見面，應該不是大將軍陸世勳那個世界，而是她穿越成了一隻狐狸外形魔獸的時候。

記得在那個世界，她可是把韓峻當兒子養的……

不知道阿峻有沒有把我當媽？

「那時候我是把妳當姊姊……不過那一世的我雖然沒有愛上妳，卻已經把妳當成是最重要的家人。也許因爲鬼狐的天賦能力吧，記得那時我還曾看到妳的眼眸突然變成了紫色，然後便看到妳離開了，我急著追妳也同時離開了那個小世界。」

聽到韓峻的話，堇青這才察覺她把心裡想的話脫口而出了。不禁有些尷尬，畢竟她剛剛可是說把戀人當兒子了……

可很快堇青便把這小尷尬拋到腦後，她敏銳地詢問：「不！不是因爲鬼狐的天賦能力。我好像曾在其他世界也聽你說過，看到我的眼睛變成了紫色？」

韓峻使著飛劍把團子的尾巴擋回去，邊回答：「是的，一開始多數是在我或者阿堇妳脫離小世界時，能夠看到妳的眼睛變成紫色。後來偶爾也能看得到，那是一種紫色帶有一點灰藍的色調，就像堇青石一樣。這是阿堇妳原本的瞳色對吧？我也不知道爲什麼妳穿越到原主的身體裡，我卻能夠偶爾看到妳的紫眸。」

堇青心裡飛快轉過眾多念頭。

一開始，韓峻是在她的靈魂要脫離小世界時，才能夠看到她的眼眸顯露出原本的眞正瞳色，這是因爲她靈魂中眼瞳部分的能量波動比較特殊嗎？

如果說，她的靈魂裡有什麼地方被團子做了手腳的話……

菫青思緒敏銳，可韓峻也不弱。因此當菫青有所懷疑時，韓峻也立即反應過來了。

然而就在韓峻想要阻止菫青之際，卻被她用力一把推開。剛離開韓峻的懷抱，菫青立即被鏡靈空間拉扯過去，瞬間與韓峻拉開了距離。韓峻只能眼睜睜看著菫青握著那片萬華鏡的碎片，果斷地劃向自己的雙目！

韓峻想不到菫青會用這麼果斷又慘烈的方式傷害自己，就連團子也感到很驚訝，它原本以爲菫青即使能夠猜到印記落在哪裡，一時也難以下得了手，想不到菫青對自己竟然這麼狠！

靈魂受損雖然不會流血，可是痛楚只會比肉體受傷更甚。饒是菫青在這些年的穿越中受過大大小小不同的傷，卻也是忍不住痛呼出聲。

可菫青的動作沒有絲毫手軟與猶豫，那狠狠的一劃，除了毀了她的雙目，也的確同樣斷了萬華鏡與她的連繫！

見菫青不再受到鏡靈空間牽引，雖然韓峻很痛心菫青的傷勢，然而還是沒有立即趕到戀人的身邊。而是握上了自己的劍，招招狠辣地去取團子的性命。

刻劃在靈魂上的印記被破除，受到反噬的團子吐出一口鮮血。它心裡明白自己大勢已去，堇青這個它培養了這麼久的美食只怕是吃不進肚子裡了。

現在團子滿心只想著逃跑，重傷的它當機立斷地把鏡靈空間收納到身體裡，總算恢復了一些力氣，隨即便要利用萬華鏡的能力跳躍到其他世界。

可韓峻又怎會允許它輕易逃離？韓峻的劍招充滿著銳意與殺氣，此時怒火中燒的他有著萬夫莫敵的氣勢。最終團子沒有成功逃走，被韓峻一劍斬中！

只見毛茸茸的九尾狐團子被斬出了原形，變回一面布滿裂痕、且缺了一角的華美鏡子。

韓峻把被打落的萬華鏡握在手裡，確定這枚器靈無法繼續作惡後，立即趕到堇青身邊。

韓峻把手摀住堇青受傷的雙目，隨即一道溫暖的金光從他手心浮現。

堇青感覺到有人接近時立即警戒起來，失去視力後其他感觀便隨之敏銳起來，她很快察覺到來人帶著自己熟悉的氣息，便放鬆下來任由韓峻把手覆蓋在她雙眼上。

此時堇青看不見，並不知道韓峻做了什麼。她只感到韓峻的手心傳來一股能量，受傷之處立即不痛了。這不明力量感覺很柔和溫暖，堇青甚至清楚感覺到魂魄所受的傷害正在迅速恢復。

這種感覺很熟悉，堇青肯定自己曾感受過這種溫暖的感覺。只是熟悉感來自哪裡兒，一時之間卻又說不上來。

「魂魄的傷勢也不是沒有其他方法可以治療，只是會很麻煩，而且讓青青多受些罪而已。想不到你竟然把功德金光浪費在這種小事情上！」堇青還在思索著這種熟悉感從何而來的時候，團子卻已用著充滿可惜的語氣，道出了到底是什麼力量在治療她。

聽到團子的話，堇青也頓覺心疼萬分。

在修真界生活過，堇青對於功德金光已不像之前那樣一無所知。她清楚了解到功德金光的難能可貴，畢竟不是誰都有機會去拯救世界的。

有了功德金光的加持，凡人在輪迴後的下輩子自會福氣滿滿。若是修眞者，可以運用的地方就更多了。

隨即堇青又想起，之前團子曾讓她別吸收功德金光。現在回想起來，團子是擔心若她身上帶有功德，也許會妨礙它吃掉自己吧？

韓峻竟然用這麼難得的功德金光治療她，也難怪連團子都看不過眼，這實在是任誰看到都會覺得心疼啊！

就連身爲受惠者的堇青，也感到心疼！

功德金光她也有啊！爲什麼受傷時她沒有使用？因爲捨不得呀！

像團子說的那樣，靈魂的傷勢可以想別的辦法，可功德金光沒了並不是這麼容易攢的！

「別再用功德金光了，太浪費！」堇青側過頭想要避開韓峻的掌心，然而韓峻隨手便把萬華鏡丟到須彌戒裡，空出來的手固定著堇青的臉，不讓她亂動。

「不浪費。」

韓峻永遠都是這樣，說不出多漂亮的話，卻總是事事將堇青放在第一位。

聽到韓峻壓抑著怒意說出來的三個字，堇青這才想起剛剛她就在韓峻的面前傷害自己，立即知曉對方怒氣的由來了。

雖然自己的作法是無奈之舉，可是堇青還是覺得很心虛，同時又抱歉。

因爲她明白韓峻的感覺，如果她看到韓峻在自己的眼前不得不傷害自己，心裡一定很不好受，同時也會很自責——即使這並不是她的過錯。

心裡明白韓峻的感受，堇青即使很心痛對方失去的功德金光，卻也沒有再說出讓他停手的話了，只是很抱歉地說道：「對不起，讓你擔心難過了。」

韓峻抿了抿嘴，道：「要是感到抱歉的話，就別有下一次。」

說罷，見堇青的傷勢已完全復元，韓峻這才停手，並把充滿裂紋的萬華鏡交到堇青手裡。

接過團子的眞身，堇青能夠感到萬華鏡正處於崩潰邊緣。

「青青，是妳贏了呢。」萬華鏡傳出團子的嗓音，依然是堇青熟悉的小奶音，堇青彷彿還能看到毛茸茸的一團在向自己撒嬌。

「嗯，是我贏了。」堇青捧起萬華鏡，感受著它的生氣正迅速流逝，問：「團子，你說最喜歡我了，這是真的嗎？」

「當然，青青可是我盡心盡力培養出來的最美味的靈魂呀！」團子毫不猶豫地回答：「我最喜歡青青了，麼麼噠。」

說罷，萬華鏡光芒盡數散去。原本光彩奪目的器靈瞬間變成街邊破爛貨一般，滿布鏡面的裂紋也迅速擴散且變得更深。

眼看萬華鏡就要崩解，堇青取出手中那枚萬華鏡的碎片，嵌入了鏡子邊緣的一個缺口裡，並回應了團子一句：「麼麼噠。」

萬華鏡獲得意外的能量，在最後一刻停止崩解。然而整面鏡子卻已黯淡無光，鏡靈也幾近消散，只留下一縷殘魂陷入了沉睡。

韓峻見堇青捧著萬華鏡，垂首著不知道在想些什麼。

韓峻並不認爲放這器靈一馬是個好主意，只是若堇青堅持，他會尊重堇青的決定。但韓峻須要知道堇青的想法，這才好早作預防：「阿堇？」

堇青把萬華鏡交到韓峻手上，道：「萬華鏡給了我重生的機會，雖然它不安好心，可是幫助過我也是事實。既然如此，我也留給它一線生機。萬華鏡終究是強大的器靈，說不定某天，它會以團子的殘魂爲根基，凝聚出新的鏡靈吧？」

頓了頓，堇青笑道：「萬一眞的有鏡靈誕生，這次就麻煩阿峻你好好看著它，別再讓它墮入邪道了。沒被血腥沾染的萬華鏡，我很想看看是怎樣的漂亮模樣呢！」

雖然韓峻對這面鏡子滿是厭惡，可是想到他能夠與堇青見面，也有萬華鏡的功勞，韓峻便覺得當年被它坑得幾乎魂飛魄散的過往，好像也不是那麼無法原諒了。

如果沒有這個惡劣的鏡靈橫參一腳，現在他大概仍是修眞界中的後起之秀。至於堇青，只怕已經再入輪迴了吧？

再加上有他防備著，即使萬華鏡某天眞的再次誕生出鏡靈，他也會好好地管束它，不會讓它爲禍世間的。

見韓峻默許她留下萬華鏡，堇青露出燦爛的笑容，道：「放心吧，之前我用那枚萬華鏡的碎片來……」

看到韓峻因爲回想起她受傷時的情境而變得難看的表情，堇青求生欲很強地把這部分省略下來，續道：「總而言之，那碎片還殘留著我的鮮血，因此當它與萬華鏡融合時，不只挽救了鏡靈，還讓它認了主。」

聽到堇青的話，接過萬華鏡的韓峻面無表情地劃破指尖，把血滴在萬華鏡上。

看著明顯仍很在意萬華鏡傷害過她的韓峻，堇青忍不住爲沉睡的團子殘魂點了支蠟燭，她已經想像到韓峻會對未來的鏡靈有多嚴厲。有韓峻當它的主人，只怕它甦醒後的日子不會太好過了。

此時，原本因爲二人渡劫成功而散去的劫雲，再次聚集了起來，大有要把這二人轟成灰的氣勢。

「哎呀，我眞的要走了。」堇青知道是她的靈魂在這裡逗留太久，被天道注意到了。

「我送妳回去吧。」韓峻揚了揚手中那傷痕累累的萬華鏡，道：「這鏡子勉強也能用。」

堇青看著韓峻面對奄奄一息的病人也毫不手軟、一副要物盡其用的模樣，不禁在心裡為沉睡中的團子又點了支蠟燭。

韓峻把堇青拉進自己懷裡，道：「專心去追查妳的死因就好，我很快便會追上來。妳找了我這麼多個世界，這一次，輪到我來找妳了。」

說罷，韓峻便往萬華鏡發動靈力，啓動了穿越時空的能力，把二人傳送到堇青的故鄉——那顆名為「地球」的美麗藍色星球。

第二章・傳說中的韓先生

只一眨眼的工夫，堇青身處的環境便大變了樣。

此時她正坐在車裡，開車的人是公司委派給她的陳司機，副駕位子坐著她的助理小桃。

時值深夜，汽車正在山路上行駛。

堇青穿越眾多不同的小世界，已離地球上的生活有段漫長的時間，然而她的靈魂經過多個世界的鍛鍊與強化，不只有功德金光護身，更渡過了雷劫。復活後，堇青雖然仍是凡胎肉體，可她的靈魂早已超凡脫俗，與一般凡人不同了。

甚至只要堇青願意，她隨時可以再次修真。曾經成功渡劫的她，修行時不會遇上任何瓶頸。

也因爲靈魂被強化了，現在的堇青對別人的喜惡情緒有著極其敏銳的直覺，記憶力更到達過目不忘的地步。因此她只是稍微回憶了下，便知道自己是回到了死亡前的哪個時間點。

「陳哥，麻煩把車停在一旁。」堇青記得她主演的電影是今天殺青，這部電影在山區拍攝，因爲山上居住環境惡劣，堇青不想再在山裡過夜，結束了最後一場戲以後，便讓陳哥載她回家。

堇青認得這段山路。只要往前再走一會，便是汽車失控的區域，堇青連忙叫停了開車的陳司機。

陳司機是個老實人，同時還是個話不多的狠人，練過幾年武功的他也兼爲堇青的保鑣。在堇青還是個小明星時，陳司機便已跟著她了，還曾有過打斷幾個對堇青見色起意小混混狗腿的光榮歷史。

正在副駕駛座打瞌睡的助理小桃，聽到堇青的說話聲，頓時驚醒：「怎麼了？青青姊？」

堇青很小的時候就出道了，那時她的助理是家裡的親戚。那人欺負她年紀小，經常偷懶不工作。後來堇青擺脫家裡以後，便把那個助理辭退了，換成了現在的小桃。小桃爲人機靈，工作也勤奮，跟著堇青也有三年了。

車禍發生時，堇青當場喪命，不知同車的兩人有沒有生還。可既然當時這兩人都在車上，也就是說他們沒有嫌疑，堇青可以肯定他們與凶手不是一伙的。

於是對於小桃的詢問，堇青沒有隱瞞，直接道：「我剛剛聽到汽車傳出一陣奇怪的聲音，晚上的山路有點難走，還是停下來看看比較安心。」

雖然陳司機與小桃都沒有聽見堇青所說的聲響，只是兩人以堇青馬首是瞻，陳司機便從善如流地把車停在路邊。

結果，陳司機盡責地檢查了汽車一番後，神色凝重地向堇青匯報：「車眞的出了問題，而且看起來是人爲的。」

小桃聽到陳司機的話，臉刷地便白了。堇青因爲早已猜到眞相，心裡倒是沒有任何波濤，臉上卻露出驚懼的神情，向小桃道：「報警吧！有人要我們的命，這車已經不安全了。」

小桃聞言有些猶豫，以堇青的人氣，這絕對是驚天動地的大新聞。只是她也知道堇青說的對，目前狀況已經不是他們可以自行處理的了。對方在他們的車上動了手腳，這可不是私生飯偷偷留下竊聽器那種程度，對方顯然是想要他們的命啊！

在性命之前，工作、名聲之類都是虛的。小桃立即聽話地打電話報警。警方得知此事後也嚇了一跳，連忙保證會派人前來接堇青他們到警局。

小桃報警的同時，堇青也打了通電話給她的經紀人林姊。這事情瞞不住，堇青也沒想瞞著。

她可以預想，很快記者們就會像嗅到血腥味的鯊魚般蜂擁而至。在出現滿天飛的流言以前，堇青先通知了林姊，讓公司的公關部有個心理準備。

「這輛車也不知道會不會還被人做了什麼手腳，警察應該馬上便會過來，我們就在路邊等吧。」堇青可沒忘記她發生車禍時，汽車被做了手腳是其中一個原因，另一個，便是那輛故意撞向她的大卡車。

要是他們回到車裡等，大卡車撞過來時才想要走避便來不及了。站在路邊，身後便是滿布大樹的森林，到時候只要逃進森林反而易躲。

小桃與陳司機對此沒有異議，他們現在光是看著車子都覺得可怕，只想離得遠遠的。彷彿這車還被人安裝了炸彈，下一秒便會把他們炸上天。

三人站在路邊等待，菫青沒有收起手機，而是開了錄影功能一直在錄影。

要是那輛卡車還是故意撞向她，那麼搭上汽車被動了手腳這點，菫青有信心把那個卡車司機告成謀殺，絕不會讓這件事被當作普通的交通意外草草了事！

菫青並沒有等多久，那輛卡車便眞的如記憶中般出現。

卡車司機見菫青他們把車停在了路邊不禁有些意外，臉上閃過一陣猶豫與掙扎。畢竟在馬路上與菫青乘坐的汽車相撞還可以說是交通意外，然而撞上退到路邊的菫青等人，便顯得很故意了，而且責任也會變成全在卡車司機那方。

只是想到殺死菫青後將會獲得的財富，即使要因爲危險駕駛坐幾年牢，卡車司機還是覺得值。於是他把心一橫，加速撞向站在路邊的菫青三人！

早在遠處投來卡車頭燈光芒時，菫青心裡便有了警戒。因此在卡車加速的同時，她立即向陳司機二人喊出警告：「小心！這輛卡車不對勁！」

說罷，菫青便拉著六神無主的小桃一起逃入樹林，同時手中的手機也不忘把卡車故意撞向他們的整個過程錄影下來。

有著武術底子的陳司機反應迅速地退到身後的樹林，說時遲，那時快，隨著「砰」的一聲巨響，卡車狠狠撞到了路旁大樹上。那個位置正是他三人剛剛站立的地方，要不是他們及時後退，現在只怕已被卡車撞成肉泥！

卡車司機想不到堇青三人竟逃得這麼快，眼看目標還生蹦活跳的，而且堇青還拿著手機邊逃邊錄，他眉頭直跳，知道絕不能讓堇青等人活著離開。

他惡向膽邊生，想著自己長得人高馬大，素來幹慣粗活。堇青那方雖有三人，可其中兩個卻是柔弱的女生，卡車司機認為要把這些人幹掉是有可能的。

於是他便生出殺人滅口的主意，心想即使殺不了他們，至少也要把堇青手上的手機毀了。於是立即下車追了上去，首先攻擊的目標就是拿著手機在拍攝的堇青。

結果……這位高大的卡車司機很快便被看起來只是個老實人的陳司機，教會了花兒為什麼會這樣紅。

事實證明，長得壯不代表能打。何況人家陳司機的肌肉只是不外露，脫了衣服還是很有料的！

當警察姍姍來遲，得知堇青的車子不僅被人動了手腳，竟然還有人故意開卡車去撞他們，而在撞人失敗後更追上去想殺人滅口，全都嚇出了一身冷汗。

雖然堇青不是權貴出身，可她卻有著龐大的粉絲量與人脈。要是堇青在報警後還是被殺了，他們這些警察會遇上多大的壓力可想而之。

堇青的車子作爲證物被扣留了，於是他們三人便上了警車，作爲證人被警察護送到警局錄口供。

此時堇青的經紀人林姊已來到警局等候，不少記者也聽到風聲，蹲守在警局外，拍下了堇青等人進入警局的照片。

這一晚，是網路的狂歡之夜。雖然這些記者打聽不到堇青進警局做什麼，可是誰管他呢，第一手新聞才有價值，記者們可不會傻傻地等確定了消息後才出新聞。反正已經拍到堇青進警局的照片，寫什麼內容還不是任他們說。

何況藝人進警局，更還連助理跟司機都一起被押送進去，絕對不會是什麼好事情吧？

於是在堇青離開警局時，她吸毒被抓，甚至還有她與助理兩女爭一男打架被捕等吸眼球的黑料，早已滿天飛。

堇青滑手機看著這些黑料，笑得肚子都痛了，實在不得不感嘆這些記者的腦洞眞大！

林姊是堇青剛出道時便帶著她的經紀人，從小看著她長大，對待堇青就像自己女兒一般。看到堇青經歷這次的恐怖事件後能迅速恢復過來，欣慰之餘又爲對方的粗線條無奈萬分。

她敲了敲堇青的頭，道：「都有人買凶要妳的命了，妳還笑得出來！對於凶手的身分，妳有什麼想法嗎？」

堇青邊滑手機，邊苦惱著說道：「誰知道呢，做我們這一行難免會擋著別人的路。討厭我的人或許不少，然而恨我恨到想取我命的……還眞的想不出會有誰。」

林姊道：「總而言之，這事情就交給警察去調查吧。幸好妳主演的電影已經殺青，我把妳這段時間的活動都取消了。在幕後黑手找到以前，妳盡量待在家裡，去哪裡都要有人跟著，知道嗎？」

菫青乖巧地點了點頭，林姊見狀心裡滿意，並慶幸著以菫青現在的地位，已經不用頻繁地曝光。一年有一、兩部出色的作品就好。

林姊續道：「至於網上的傳言，公關部會盡快……」

「不，澄清的事情明天再說。」菫青打斷了林姊的話。

林姊有些意外地挑了挑眉：「妳想要藉機炒作？」

菫青搖了搖頭：「不是……只是那個幕後凶手想偷偷把我幹掉，然後偽裝成意外。今晚他看到我沒有死，還進了警局，心裡一定很驚慌，想要多了解今晚到底發生了什麼事情。我才不會這麼快告訴他呢！讓他提心吊膽一晚好了，嘻嘻～」

說罷，菫青俏皮地眨了眨眼睛：「何況現在讓黑子再狂歡多一段時間，之後再狠狠地打臉澄清，不是更加有趣嗎？」

林姊早已經習慣菫青的惡趣味，反正菫青遇事冷靜，手段高明，即使打擊對手也不會因此損害到自身，因此林姊對她信任得很，也願意採納她的意見，便為菫青聯絡了公司，道出她明天才澄清的意願。

堇青現在的公司是娛樂圈的龍頭大佬「星途娛樂」，別看這間公司現在很風光，其實創建時間不長，初成立時還只是間沒沒無名的小公司。然而老闆很有手段，且眼光獨到，簽下的藝人都很有潛力。

最重要是，星途娛樂的合約對藝人相對寬鬆，也沒有那麼多見不得光的齷齪事情，吸引不少有名藝人轉到這間公司，堇青便是其中之一。

堇青身爲星途娛樂力捧的一姊，話語權還是很足的。再加上堇青素來靠譜，公司對於明天才澄清一事便應允了下來。

堇青安全回到家以後，看著熟悉又陌生的家，只感到仿如隔世。

她的死劫暫時過去了，只是一天不找出暗害她的眞凶，她便一天都不算安全。

暫時沒有線索，堇青也不著急，豐富的閱歷與無數次遇上危機的經驗，讓她心態好得驚人。

看著網路上各種滿天飛的黑料，堇青心裡很淡定。網上的言論就是這樣，以前把她捧上天，有事情的時候又對她唾棄至極。然而這些批判她的人之中，有多少是眞的認識她、知道她堇青是個怎樣的人？

因此堇青並沒有多花心思看網上的留言，畢竟現在罵她罵得再狠，事情澄清以後便會消聲匿跡，說不定還會沒事人般又把她捧到天上去，犯不著與這些人較眞。

正所謂有怎樣的偶像，便有怎樣的粉絲。堇青的粉絲們雖然因爲網上對偶像的誣衊而生氣，只是他們都沒有做出過激的表現。小桃與幾名老粉絲溝通過後，他們得知網上的消息是子虛烏有，頓時都淡定了，等待著自家偶像明天狠狠打人臉。

當然，對這些粉絲來說，偶像還是要維護的。堇青的粉絲是出了名地剽悍，罵人時不帶髒字，卻殺傷力驚人。再加上理智粉佔大多數，老粉絲的控場又好，讓路人爲他們的戰鬥力驚歎連連之餘，也不會因爲粉絲太激進而敗了堇青的路人緣。

身爲當事人，堇青卻沒再關注網上的腥風血雨，而是努力整理著今天發生的事情。畢竟找到凶手的線索，對堇青來說才是最重要的事情。

雖然行凶的卡車司機已被捕，只是堇青對於警方能否順藤摸瓜找到幕後眞凶一事，並不抱持期待。

畢竟那傢伙不傻的話，應該不會把自己的眞實身分洩露給卡車司機。堇青有預感，警察那邊的進展不會那麼順利。

雖然想不到有什麼人會想要自己的命，不過堇青對於對方的身分還有著一些簡單的推測。

演員這行業，有時爲了爭取想要的角色，衝突在所難免，但她認爲不至於因此惹來殺機。畢竟即使沒有她，也會有別的人頂上，這行還是要靠自身的實力說話。

因此堇青比較傾向是仇殺。那麼問題來了，她與誰有那麼大的仇恨呢？

要堇青來說，這世上最討厭她的人，便數她的父母與弟弟了。當年她爲了擺脫他們，手上掌握了她那個不學無術的弟弟的一些犯罪證據。正因爲顧忌堇青手中的證據，那家子才不敢再剝削與打擾她。

只是這吸血鬼般的一家利益至上，雖然因爲堇青不願意再供養他們而對她恨之入骨，可是他們沒有買凶殺人的錢，即使有，也未必捨得出這筆錢，因此堇青覺得不會是他們。

其他的人……堇青暫時想不到與其他人有什麼大仇大恨，只能先總結剛才的思路：幕後黑手對她懷有恨意，而且家境應該很不錯，還有能接觸到殺手的管道……

目前堇青想不到身邊有什麼人符合這些條件，不過她倒也不急。反正那人想要她的命，這次不成功，總有再次出手的時候。

隨即堇青又不可避免地思念起韓峻，他手上有著萬華鏡，應該會跟著自己一起過來地球吧？不知道戀人在這個世界會是什麼身分？

韓峻說過會來找自己，堇青相信對方不會讓自己失望的。因此她便把這視作一個驚喜，等待對方來找她。

第二天，堇青容光煥發地前往公司開會，滿天的黑料與差點死亡的經歷似乎完全影響不到她，一夜好眠的她狀態好得不得了。

反倒是小桃眼下大大的黑眼圈，都快變成熊貓了，一看便知道被昨晚的經歷嚇得失眠。至於陳司機倒是狀態不錯，心理素質比小桃好太多了。

星途娛樂的大門前，已有不少記者在守候。畢竟堇青被抓到警局實在是震撼娛樂圈的大新聞，他們又怎會放過這個採訪機會呢。

堇青的住址保密得很好，因此這些記者只好到星途娛樂的大門前守株待兔了。

原本林姊還建議堇青待在家裡，與他們進行視訊會議就好。然而堇青卻覺得這些記者沒什麼好畏懼的，何況昨晚因爲她遲遲不做回應，這些記者們便得徹夜在星途娛樂門前守候……

雖說堇青很不耐煩這些總是把事情亂寫以搏眾人眼球的記者，只是對方也只是爲了工作而已，堇青冷了他們一天，也就見好便收，決定出現露一下臉吧！

星途娛樂早已安排保全維持秩序，因此堇青出現時雖然場面鬧哄哄的，卻沒有記者能夠擠到她的身邊，只能隔著一段安全距離進行訪問。

「辛苦各位傳媒朋友了，我會在下午舉行記者招待會，到時候會爲大家交代事件經過。」堇青有禮地停下來向記者們說了一句話後，便不再理會一眾記者的發問，自顧自地步入了星途娛樂的大門。

一眾記者面面相覷，見堇青神采飛揚地進了公司，原本以爲她會被逼問得狼狽萬分，卻反而優雅地步出了走紅地毯的架勢。

想到堇青依然明艷照人的模樣，再對比起他們這些捱了一晚通宵的人臉上掩不住的憔悴……怎麼突然覺得自己才像是那個被傳得黑料滿天飛的小可憐!?

堇青剛踏入公司大門，林姊便迎上來：「阿青，我剛收到消息，今天的會議老闆會到場。」

堇青忍不住露出訝異的神情：「老闆？那個神祕的韓先生？他不是不管公司的事情嗎？」

星途娛樂是近年崛起的新公司，因老闆有著厲害的經營手段，又眼光獨到地簽下了不少有潛力的明星，短短數年，已成爲了這行業的龍頭大佬。

這位老闆很神祕，公司的會議他從來不出席，誰也不知道公司老闆到底長什麼模樣。只知道他姓韓，傳言是某大家族的年輕一代。

堇青一直對這神祕的韓先生很感興趣，可惜即使她成了公司的頂梁柱，卻還是沒有與對方見過一面。

想不到這次的事情，竟然能夠讓這神龍見首不見尾的韓先生親自出席會議，堇青都覺得有些受寵若驚了。

堇青很好奇星途娛樂的老闆到底長什麼模樣，這可是她上輩子到死都還未揭曉的不解之謎啊！

在好奇心的驅使下，堇青前進的步伐不禁加快起來，就連敲門進入會議室的動作也顯得有些急促。

當堇青看清楚在會議室裡被眾星拱月的男人的相貌時，她微微一怔，隨即向對方露出了一個燦爛的笑容。

她立即領悟到，為什麼素來神祕的老闆會現身了。

這位傳說中的韓先生，可不正是她的親親戀人——韓峻嗎？

第三章・仇敵見面

這一次，韓峻不再是以殘魂進行輪迴，而是直接利用萬華鏡的力量穿越過來。堇青選擇返回自己的身體，韓峻則選擇投身到一個原本該無兒無女的婦人的肚子裡。

身爲胎穿的修眞者，韓峻保留了一身的修爲及原本的容貌。青年長相俊美，帶著一身清俊不似凡人的氣息，在會議室的眾人之中，簡直就是鶴立雞群的存在。因此他的外貌與修眞界時並沒有不同，就只是剪了一頭短髮、穿著西裝，堇青一眼便認出他來了。

韓峻爲了能早做準備，更好地幫助堇青，因此他穿越過來的時間點比堇青早得多。其實他早就找到堇青了，只是卻沒有插手對方早期的人生。畢竟這樣做很容易讓堇青的未來出現偏差，爲了能與有著彼此相遇相知記憶的堇青重聚，韓峻直到確定堇青度過了死亡的時間點，才現身到她面前。

終於在地球重聚，二人相視一笑。

這次堇青身上沒有任務，韓峻帶著記憶與愛戀轉世，即使堇青仍未完全擺脫死亡陰影，可她並不因此而驚怕。堇青相信在這個他們可以彼此扶持的世界，那個幕後黑手是絕對無法把她擊倒的！

網上的言論全都是沒有根據的黑料，在事實面前毫無說服力，因此會議進行得很順利。

眾人商議了一番記者會的流程後，只用了一個上午，會議便結束了。韓峻主動上前邀請堇青：「正好到午飯時間，賞臉一起吃個午餐嗎？」

堇青笑著一口應允下來。

知道堇青素來最不喜各種飯局的林姊與小桃交換了一個眼神，她們發現堇青與韓峻的互動充滿默契，二人似乎竟是舊識。她們也有些明白爲什麼這個總是不露面的韓先生，會這麼關心堇青的事情，甚至願意親自參與會議了。

小桃跟著堇青的時間不久，倒不覺得什麼，可林姊卻覺得很奇怪，以往堇青身邊從未出現過這個人……何況，若韓峻與堇青的關係這麼好，在堇青被堇家欺壓時，韓峻爲何不出手幫助她呢？

韓峻帶堇青來到一間幽靜的私房菜館，堇青托著頭，見韓峻向侍應點的全都是她喜歡吃的菜，不由得露出了甜滋滋的傻笑。

這次的穿越，戀人就在她身邊，且沒有忘記她，會成爲她堅強的後盾，眞好。

待侍應離開後，包廂便只剩下他們二人，堇青這才微笑著詢問：「可以解釋一下現在是什麼狀況嗎？親愛的韓先生。」

韓峻一如堇青記憶中那副渾身劍意、冷清禁慾的模樣，只在目光觸及堇青時，銳利的眼神才會變得柔軟起來：「我先妳一步來到這個世界，投身到韓家，以韓家之子的身分降生……」

根據韓峻的描述，他降生的韓家是個國內有名的世家，韓峻是家裡的獨苗。母親雖然很愛韓峻，卻是個軟弱沒主見的女人。韓父則是個只注重家族利益的人，爲了與名門許家結盟，在韓峻很小的時候便爲他與許家的千金許嬌嬌定下了婚約。

韓峻當然不會揹負著這麼一段婚約來與堇青相認，累積了來自不同世界的知識，再加上自身的努力，他年紀輕輕便跳級完成大學課程，邊開始接手家裡公司的事務，並偷偷開創了不屬於家族的產業，星途娛樂便是其中之一。韓峻知道堇青原本是個明星，「星途娛樂」便是他爲了堇青而建立的。

在勢力發展至一定規模、在韓家擁有一定的話語權之後，韓峻果斷地與許嬌嬌解除了婚約。

韓父被他的舉動氣得暴跳如雷，也不是韓父有多滿意許嬌嬌這個媳婦，只是單純因爲自身的威權受到挑釁而感到不爽。

然而當韓父想要好好教訓一下自家兒子時，卻驚訝地發現他已無法輕易掌控對方了。

這便解釋了爲什麼星途娛樂的韓先生如此神祕，是因爲設立公司時韓峻羽翼未豐，爲免韓父有所防範，很多事韓峻都交給助理去處理，也盡量不在公司露面。

韓峻趁堇青與舊公司合約期滿，立即讓人把她簽到了星途娛樂，並給予她最好的資源與自由。可因爲各種顧忌，韓峻並沒有接觸對方，只是默默地守護著她。直至確定了與他相知相戀的堇青回來了以後，這才迫不及待地與她見面。

「解除婚約時，我調查了下許家的千金許嬌嬌，意外發現她與妳有些關聯。」向堇青簡單交代自己在這個世界的背景後，韓峻說道。

堇青聞言露出驚訝的神情。她一個普通家庭出身的明星，與許家千金沒有任何交集，兩人更是從未見過面。硬要說的話，唯一的關聯便是她的戀人是許嬌嬌之前的未婚夫……這麼想，怎麼突然有種自己喜當小三的感覺？

韓峻不知堇青內心的吐槽，續道：「準確來說，是妳與許家有關聯……阿堇，妳其實才是許家的小公主。在妳們出生沒多久，兩個嬰兒便因爲意外而互調了。」

堇青聽了這番話後瞪大雙目，她相信韓峻既然告訴了她這事情，那應該是已經調查清楚才對。只是對於自己竟然是許家的血脈，她還是感到無法置信：「怎會有這麼兒戲的事情？何況許家這麼富有，許夫人生產時必定是去私人醫院，那種地方可不是堇家人消費得起的，根本不會有調換孩子的機會。」

韓峻解釋：「妳們出生時正好發生地震，市內大停電。幾間醫院把剛出生的小嬰兒放在一起照顧，混亂之下便把妳與許嬌嬌對調了。我調查許嬌嬌時，偶然發現她找人監視妳，仔細調查下才得知妳是許家眞正的千金。」

堇青迅速抓到了重點：「所以許嬌嬌是知道這件事情的？」

韓峻頷首道：「是的，當年照顧妳的護士後來發現把孩子弄錯了，只是那時候她怕被追究責任，便想著將錯就錯不作聲。後來那護士患了重病，她自知時日無多，便想把這件壓在心頭多年的事情說出來。許家家大業大，她很容易便找到了許嬌嬌並把事情告知對方。但妳的養父母只是普通人，沒有許家這麼有名，後來又搬了幾次家，那護士找不到妳，也早已離職，沒有資格去調閱當年的醫療記錄。許嬌嬌提出由她來尋找妳，護士便心安理得地把事情交給她處理。畢竟選擇把眞相說出來，只是想在死前減少自身的罪疚感，爲了自我滿足而已，並不是眞的關心妳們，也根本不在意妳們的人生會因此受到什麼影響。」

「所以說，許嬌嬌知道眞相後隱瞞了事情，好繼續做她的許家小公主？」堇青問。

韓峻道：「是的，許嬌嬌雇了私家偵探調查當年的事情。確定了妳的身分後，便一直讓人監視妳，讓人定期向她報告妳的行蹤。」

說到這裡，韓峻的表情變得嚴肅起來：「得知妳們的身世後，我便懷疑妳的『死亡』與許嬌嬌脫離不了關係，因此一直監視她。果然發現她安排人在妳的車上做手腳，而且還買凶讓人僞裝成卡車司機撞妳。證據我已經搜集好了，現在便可以把許嬌嬌告上法庭。」

堇青想不到戀人辦事的效率這麼高，她才剛穿越回來不久，韓峻便已替她找到凶手，甚至連證據都搜集好了。現在只要堇青想，立即就能報仇。

然而堇青想了想，卻搖首道：「不，許嬌嬌買凶殺人，可是我又沒眞的出事，這事情要判也判不了多重。何況許家有權有勢，我雖然才是他們的血緣親人，然而他們把許嬌嬌視爲親生女兒養大，這麼多年的感情也不是假的。誰知道我告了許嬌嬌，許家會不會出手幫她？」

韓峻蹙起了眉，建議：「阿堇，如果妳是擔心許家插手，我可以幫忙……」

然而堇青卻拒絕了，她笑道：「其實主要的原因，是我覺得只判許嬌嬌坐牢眞是太便宜她了。」

堇青分析：「我又沒有眞的被殺，即使現在把她告到坐牢，她在裡面也待不了多久。許家這麼寵她，對我卻沒有任何感情，說不定還會覺得許嬌嬌已經獲得教訓，在她出獄後對她多加照顧。」

說到這裡，堇青垂下眼簾，道：「也許你會覺得我記仇，可我不願意這麼便宜她。別人都以爲我運氣好，避過了這次謀殺，但我卻是眞眞正正經歷過一次死亡。許嬌嬌抹煞掉我的未來，那麼，我也要奪去她最重視的東西，不然實在意難平。」

堇青到現在依然記得，被卡車迎面撞上時，她的心裡到底有多絕望，又有多不甘心。

她還年輕，還有大好的人生。

明明她已經成功脫離了壓榨她的原生家庭，演技又被世人肯定，未來的路途一片光明，卻被害得戛然而止。

堇青並不認爲這一世許嬌嬌殺她不成，便應該聖母地原諒對方。在許嬌嬌決定奪走一條寶貴的性命時，就已絕不無辜！

韓峻肅起了臉，道：「我又怎會覺得妳記仇？這個許嬌嬌要害妳，我可不會對她有絲毫憐憫。我一直會是妳最強的後盾，阿堇妳放手去做，直至妳氣消爲止。」

堇青輕笑道：「我還眞的有事情想要拜託你，親愛的韓先生。」

「韓先生」明明應該是生疏的稱呼，然而這三個字從堇青口中說出來，卻有種繾綣的感覺。韓峻被堇青撩得紅了耳朵，臉上卻依然一副嚴肅的模樣。反差的樣子萌得堇青不要不要的。

韓峻假咳了聲，問：「什麼事情？」

見韓峻不自在了，堇青也不想把人逗得太過，便提出她的請求：「我想見見許家的人，近期有沒有什麼豪門宴會？把我介紹給他們吧，以你女朋友的身分。」

▲▲▲

身爲許家最小、也是唯一的女兒，許嬌嬌一直被千嬌萬寵著長大。這麼一個許家小公主，理應沒有任何苦惱才對。

然而最近許嬌嬌的心情卻一直很不好。原本她只是有點刁蠻任性，現在竟是傲慢又暴躁。對待家人的時候她還能按捺住脾氣，然而面對那些家世不如自己的同學，或是家裡的傭人時，簡直難相處得很。

現在在許家，傭人都盡量避著許嬌嬌，覺得這個大小姐愈來愈難侍候了。

不過這也難怪，不久前許嬌嬌被她一直很喜歡的未婚夫韓峻退了婚，她無法反抗，就只能把悲憤的心情發洩到那些地位不如她的人身上。

家裡人也察覺到許嬌嬌惡劣的心情，都在努力開解她。豪門很流行從小訂婚，這主要是兩個結盟的家族表現出誠意的一種方式。要是兩個孩子長大後各自有了喜歡的人，又或者兩家的合作已經結束，便以「性情不合」爲由結束婚約。

因此雖然很多豪門婚約最終能合兩姓之好，可其實中途解除婚約的也不少。許家人與以利益爲優先的韓家家主不同，他們是眞心疼愛許嬌嬌的。覺得既然韓峻不喜歡自家女兒，那麼雙方分開也總好過勉強綁在一起。

只是許嬌嬌從小被家人嬌寵慣了，她喜歡的東西從來沒有得不到手過。韓峻年少多金又英俊，許嬌嬌一直對這個未婚夫很滿意。對於韓峻的拒絕，她實在感到難以釋懷。

許嬌嬌甚至對家人有了埋怨，覺得是許家沒有爲她爭取，反而如韓峻所願，解除了婚約，簡直就是罔顧她幸福的做法！

許家人亦不知道，許嬌嬌之所以心情這般惡劣，並不只因爲韓峻的事情，還因爲在不久之前，當年那個不小心將她與堇青調換的護士找到了她，並告知了她事實眞相。

得知自己竟然不是許家血脈，這些年來的寵愛與榮華富貴都像是偷來的一樣，許嬌嬌慌了。

幸好那個護士命不久矣，在告訴她這件事情後，還不待她有任何行動，便病重身亡。

許嬌嬌本就是個自私的人，自然不會公開眞相。反而在調查結果確認屬實後，對堇青這個眞正的許家千金生出了殺意。

於是便有了她買通殺手、僞裝車禍，想把堇青幹掉等的事情了。

然而許嬌嬌想不到堇青竟然這麼命大，在得知對方逃過了一劫，卻不知怎地被「押送」到警局、黑料滿天飛時，她雖然既生氣又害怕，卻又覺得雖然弄不死堇青，但看到對方被人全網黑也很不錯，甚至網上的黑料有很多都是許嬌嬌買水軍的功勞。

可是，第二天事情便有了反轉，堇青舉行記者會，許嬌嬌這時才得知那個卡車司機已經被抓，頓時慌了！

許嬌嬌想不到堇青不僅逃過了一劫，還拍下卡車故意撞向她的過程，而且她的司機更抓到了那個凶手！

此時許嬌嬌無比慶幸，她找人對付堇青時很謹慎。對方並不知道自己的身分。

思前想後確定警察找不到自己的頭上後，許嬌嬌這才鬆了口氣，但短時間內是不敢再向堇青下手了。

想到錯失了殺死堇青的最佳時機，再加上被韓峻退婚，許嬌嬌的心情簡直跌落到了谷底。

這次買凶殺人失敗，許嬌嬌擔心得夜不能寐，就怕殺人的事情會被人知道，某天警察會敲響許家的大門……

這種擔驚受怕的感覺讓許嬌嬌有些後悔了，她去招惹堇青幹嘛？反正堇青與她是兩個世界的人，只要堇青不出現在許家人面前，許嬌嬌決定容忍這人的存在。

然而許嬌嬌卻想不到，她原以爲一輩子也不會與許家有交集的堇青，竟然這麼快便與她見面了……

這天韓家舉辦晚宴，雖然韓峻瞞著家裡另外打造出碩大的產業，不過韓家主生氣著兒子的叛逆之餘，心裡卻也對他的才能既驕傲又歡喜。

最後韓家主還是順了兒子的意，與許家解除婚約。韓家主認爲以兒子的實力，即使不聯姻，也能帶領家族至全新的高度。要是因爲強迫他而讓韓峻對家族離了心，這反倒不好。

只能說，韓家主不愧是個利益至上的人，當他察覺到自家兒子的價值後，便一改以前專制的態度，有心與韓峻修補關係。並且愈發下放權力給兒子，讓他處理公司的業務。

在韓家主的示好下，他與韓峻的關係有著明顯的改善。這一次韓家的宴會，便是由韓峻全權負責。

雖然解除了婚約，可是許嬌嬌依然沒有放棄韓峻這支優質股，吵嚷著要跟去這次的宴會。許家眾人拿她沒辦法，只得應允下來。

又因爲擔心她會惹事，因此這次的商業宴會他們有別於以往只有許家大哥做代表，而是全家出動了。

許家這一代共有三個孩子，兩男一女。長子許庭安，是現在許家的當家，許家的生意都由他來打理。

不同於許庭安的聰明穩重，二子許庭偉不算聰明又愛玩愛鬧，是個對家族生意萬事不上心的紈褲子弟。

許嬌嬌是許家唯一的掌上明珠，也是最小的么女，自小集萬千寵愛於一身，被全家嬌寵著長大。

至於許家的家長許父，多年前出了意外英年早逝；許母周婉琳則有著溫柔，卻過於天真的性格。她與許父從小有婚約在身，長大結婚後琴瑟和鳴。周婉琳原本很看好許嬌嬌與韓峻的婚約，希望女兒能夠如她那樣過得幸福。誰知道韓峻長大後卻看不上許嬌嬌。

雖然周婉琳也明白感情這種事情不能勉強，然而看到女兒鬱鬱寡歡的模樣，不由得對韓峻有些埋怨。

抱持著這種心情來到韓家宴會的周婉琳，素來溫婉的笑容也淡了幾分。看到韓峻挽著一個美麗少女，還讓對方一副女主人的身分一起接待賓客時，更是忍不住黑了臉，隨即擔心地看向身旁的女兒。

結果這一看讓她嚇了一跳，只見許嬌嬌神色非常難看，表情甚至還很猙獰！

許嬌嬌此時全副心神都放在堇青身上，根本無法遮掩臉上的表情，那充滿殺意的狠辣情緒，明晃晃地表現出對堇青的惡意。

是的，那個挽著她前未婚夫手臂的美麗女子，正是許嬌嬌最爲忌憚的堇青！

許嬌嬌此時心裡充斥著各種負面情緒，她認爲韓峻之所以與她解除婚約，是被堇青這個賤人勾引。隨即她又想起堇青的眞實身分，現在對方即將與許家人見面了，許嬌嬌又覺得驚恐與心虛。

然而無論出於哪種原因，許嬌嬌對堇青都是滿滿的惡意，她想讓眼前這人立即從世上消失。彷彿只要沒有堇青，韓峻便會愛上她，她也會變成眞正的許家千金。

爲什麼之前的車禍弄不死堇青呢？爲什麼這個賤人就是什麼也要與我爭？搶我的身分、搶我的愛人、搶我的親人!?

要不是還保留著一絲理智，許嬌嬌已經衝上前抓花堇青這張漂亮的臉，看她還

笑不笑得出來！

「怎麼了？嬌嬌妳不舒服嗎？妳別嚇我！」

周婉琳被許嬌嬌的表情嚇到了，說話聲音不由得有些大，吸引了一些賓客的注意。眾人看過去，無一不被許嬌嬌猙獰的表情嚇了一跳，頓時竊竊私語起來。

堇青直接面對許嬌嬌的惡意，臉上的笑容卻變得更加燦爛。

她就是喜歡看敵人怨恨她，卻又拿她沒辦法的模樣。

堇青挽著韓峻的手向許家眾人走去，一眾賓客都在猜這個韓峻的現任女友是不是要去向許嬌嬌示威？他們全都暗中關注著許家這邊的動向，期待接下來的好戲。

有不少人已認出了堇青，心想堇青有韓峻撐腰，有了底氣對上許家的小公主，不知道最終誰勝誰負？

許家眾人見堇青向他們走來，忍不住皺起了眉頭。雖然他們同意韓峻解除婚約，然而如果對方故意帶著女友前來作賤自家妹妹/女兒，那麼他們許家也不是吃素的！

第四章・真假千金

「這是我的女友堇青。」韓峻爲雙方介紹。許嬌嬌聽到對方直接承認了堇青是他的女友，頓時紅了眼眶。

堇青微笑著向許家眾人打了聲招呼，雖然許家眾人並不太關注娛樂圈，然而堇青實在太紅了，他們早已認出她是誰。有點訝異堇青在這種豪門宴會上也能落落大方地毫不怯場，而且舉止高雅，一身氣質甚至完勝許嬌嬌。

因爲許嬌嬌的關係，許家眾人對堇青有著天然的敵意。然而他們不得不承認堇青眞的很出色，也難怪韓峻會喜歡上她。

許嬌嬌看不得堇青意氣風發的模樣，嘲諷說道：「我認識妳，妳不就是那個很出名的戲子嗎？長得倒是不錯，就是出身不好，配不太上韓大哥。」

堇青輕笑道：「許小姐眞是風趣，說什麼戲子的……不說還以爲妳是古代穿越過來的呢！另外我的父母的確沒有許小姐那麼有錢，幸好阿峻不在乎這些。」

在場賓客聞言後不禁點了點頭，這裡的人也不是個個都出身於豪門家族，有不少都是以自身努力與才能而獲得現在的成績。剛剛許嬌嬌那番話，實在無形中得罪了不少人。

堇青與許嬌嬌兩個人，一個退進有度，一個尖酸刻薄，實在是高下立見。要是他們是韓峻，不考慮兩人所代表的背後勢力的情況下，都會選擇堇青吧？

許嬌嬌盛怒下沒了分寸，聽到堇青的話，便尖銳說道：「韓大哥現在不介意，將來可難說。說不定韓大哥只是玩玩而已，待妳人老珠黃的時候……」

「嬌嬌！妳在胡說什麼!?」聽到她愈說愈離譜，許庭安連忙喝止她。

韓峻也冷聲說道：「許小姐，我喜不喜歡阿堇可不是妳說了算，請妳別像潑婦似地說些嚼舌根的話！」

韓峻這番話說得難聽，許家眾人都變了神色，然而許嬌嬌無禮在先，在場這麼多賓客都在看著，他們也不好指責對方什麼。

相較於明顯已經生氣的韓峻，被許嬌嬌刁難了一番的堇青，露出了不堪受辱的表情對許嬌嬌說道：「我的出身是不是不好，難道許小姐妳不知道嗎？」

許嬌嬌聞言心裡頓時「喀噔」一聲：「妳這番話……到底是什麼意思？」

性格火爆又護短的許庭偉，聽見堇青的話後立即炸了，冷笑著嘲諷：「呵！妳的出身好不好，問我妹妹做什麼，妳自己不知道嗎？」

堇青沒有理會許庭偉，在許嬌嬌充滿恐懼的眼神下說道：「那個護士不是已經告訴妳了嗎？當年地震時她不小心把還是小嬰兒的我們互調了，因此我才是眞正的許家千金……雖然我明白妳不想失去現在富裕的生活，隱瞞著這件事情有可原。可是我眞想不到妳在明知道我們身世的情況下，竟然還有臉嘲弄我的出身……」

「閉嘴！妳別胡說！我才是許家的女兒！」受不了堇青在她重視的人面前揭露她的齷齪心思，許嬌嬌尖叫著便衝前要打堇青。韓峻抓住許嬌嬌舉起來的手，毫不憐香惜玉地把她狠狠甩到地上。

「嬌嬌！」許家眾人連忙上前扶起許嬌嬌，然而他們想到堇青剛才的話，心疼的表情一滯，隨即變成了充滿探究的驚疑不定。

「我有沒有胡說，妳自己清楚。」堇青垂下眼簾，看著狼狽又猙獰的許嬌嬌，道：「這是只要做一個親子鑑定就能夠確定的事情，我會蠢得在這種事情上說謊嗎？原本我不想打擾大家的生活，並不打算將這件事情說出來，可是妳實在是欺人太甚了！」

許家眾人震驚地看著一臉肯定的堇青，心想對方的話沒錯，這事情到底是眞是假，只要檢驗一下就知道了。所以堇青她……眞的是許家的孩子？

一眾看戲的賓客也想不到事情竟然會這麼發展，原以爲是爭風吃醋的好戲，竟然變成了混淆血脈的大事。

尤其剛剛許嬌嬌還充滿惡意地嘲諷堇青的出身，如果她眞的明知道對方眞正的身分還這麼說，那麼這個女生也太惡毒、臉皮也太厚了！

堇青當然不是像她所說那般，並不打算公開自己才是許家千金的身分。只是趕著認親就有些掉價了，因此她本想找個好機會再與許家人相認，誰知道機會卻來得這麼快。

就連堇青也猜不到許嬌嬌會這麼沉不住氣，對她惡言相向就算了，竟然還嘲諷她的出身。不僅讓人看清楚她醜陋的嘴臉，還給了堇青狠狠打她臉的機會，順理成章地把身分公布出來，也算是意外驚喜了。

許嬌嬌冷靜下來以後，也反應過來自己剛剛的表現多麼不堪，頓時臉色煞白。她知道現在阻止堇青認親已經太遲，便強行定下心神，想要挽回一些印象分數。

「對不起……是的，當年那個接生的護士找到我，告訴我眞正的身分，我也偷偷拿了媽媽的頭髮做過親子鑑定，我的確不是許家的女兒。原本我應該把這事情告訴你們的，可是我捨不得媽媽，也捨不得大哥、二哥……」

說到這裡，許嬌嬌又哭著道：「可是護士不知道那個與我調換的孩子是誰，我根本不知道那孩子就是堇青啊！」

許嬌嬌心裡明白，她知道堇青身分這點是絕對不可以承認的，不然她剛才的舉止也太難看。

堇青聳了聳肩，道：「妳說不知道，那就不知道吧。不過當年醫院的記錄還在，妳出身這麼好，不像我那樣沒錢沒權的，我還以爲妳有去查過當年的醫療記錄呢。」

許嬌嬌聽完堇青的話後動作一頓，想反駁卻又說不出理據，心裡恨得咬牙切齒，只能繼續可憐兮兮地哭泣。

別說旁邊看戲的賓客了，就連素來疼愛許嬌嬌的許家人，也不相信許嬌嬌眞的不知道堇青的身分。

畢竟易地而處，無論是爲了自己的好奇心還是本身的利益，若他們是許嬌嬌的話，必定會弄清楚當年那個與自己互調的人到底是誰。許嬌嬌剛剛那番話，也只能用來當遮羞布，可眞相如何，大家卻是心知肚明。

韓峻向許家眾人說道：「既然這是許家的私事，也許你們私下談談會比較好？樓上是客房，請讓我帶大家過去。」

許家眾人當然沒有異議，無論是弄錯孩子、替人家白養了十多年女兒的事情，還是剛剛許嬌嬌失態的表現，都讓許家丟足了臉。何況接下來也許便要說到兩個孩子之後的安排，就更加不適合在宴會廳商議了。

韓峻領著許家眾人前往客房時，與挽著他手臂的堇青小聲耳語。

「我還以爲妳這次只是想見見許家的人，認親的事情會徐徐圖之，想不到妳一見面便與他們攤牌了。」韓峻也猜不到堇青會這麼剛，聽到對方這麼直接懟許嬌嬌時，他既感到意外，也爲堇青出了口惡氣而高興。

堇青笑道：「正好許嬌嬌遞了梯子給我，我便趁著這次直接把事情挑明了。有沒有血緣關係輕易便能檢驗出來，沒有拖拖拉拉的必要。我喜歡直接給敵人來個重擊，許嬌嬌這種段位也不須要我慎而重之地對待，當眾直接給她一個『驚喜』，她的表情很有趣，不是嗎？」

此時許嬌嬌正死死盯著兩人堂而皇之地說著悄悄話的背影，覺得刺眼無比。明明堇青此刻的位子應該是屬於她的，許嬌嬌的眼神彷彿能夠在堇青身上盯出一個洞來。

來到客房後，總算能夠擺脫眾賓客看好戲的視線，許家眾人都鬆了口氣。

只是面對堇青時，他們都不知道該說什麼才好。這麼多年來，他們一直把許嬌嬌當作親人來溺愛，現在突然告訴他們眞正的家人另有其人，他們根本不知道該用怎樣的態度來面對堇青。

他們試著撇除一開始對堇青的偏見，靜下心來打量眼前這美麗的少女，才驚覺堇青與周婉琳竟然有七分相像。只是兩人氣質迥異，一個婉約溫柔，一個明亮自信。

另外，堇青也與許老夫人有些相似，老夫人是個外國人，也許正因爲有著外國血統，堇青才擁有那雙特別且水光瀲灩的紫眸。

堇青就像是挑著長輩的優點遺傳似的，她的長相雖然像周婉琳，然而卻又比對方美得多。

許嬌嬌除了眼型正好與許父相像以外，其他地方與許家人都不像。只是以往他們從未對許嬌嬌的身分有所懷疑，因此沒有注意這點。

相較於心情複雜的許家眾人，堇青顯得冷靜淡然得多：「雖然許嬌嬌已經偷偷做過親子鑑定，證實她並不是許家的女兒。然而我們還是做一下親子鑑定吧，確定我的身分，對大家都好。」

堇青這番話在理，還暗暗對許嬌嬌上了眼藥。

堇青是韓峻的戀人，有不少出席上流社會宴會的機會，她大可偷拿許家人的樣本做親子鑑定後才攤牌，這麼一來她手中的籌碼便更多了。然而堇青卻沒有這樣做，而是光明正大地向許家眾人提出要求。

兩人相比，偷偷拿家人的樣本做親子鑑定的許嬌嬌，便顯得有心計又小家子氣了。

對於堇青的要求，許家當然不會拒絕。雖然他們對堇青這個突然出現的女兒或妹妹沒什麼感情，可若對方眞的與自己血脈相連，也斷不會任由她流落在外。

許嬌嬌知道她今天的表現糟糕透頂，爲了挽回許家人對自己的印象，她一改以往刁蠻任性的態度，悲傷地哭泣哀求：「媽媽，大哥、二哥，你們別不要我……」

她的眼淚是眞的，傷心也是眞的，只要想到會失去疼愛她的家人，以及身爲許家小公主的榮華富貴，許嬌嬌的眼淚便嘩啦嘩啦地流下來。

畢竟是從小視爲女兒及妹妹疼愛的人，見許嬌嬌這麼難過，許家眾人也忍不住動容。尤其是容易心軟又感性的周婉琳，更是忍不住把許嬌嬌抱在懷裡安慰：「不會的，媽媽怎會不要嬌嬌呢！」

看到周婉琳與許嬌嬌親暱的模樣，韓峻有點擔心地看向堇青。雖然他也明白許家人現在與堇青沒有什麼感情，然而對方當著堇青的面前這種做派，韓峻擔心堇青會因此而難過。

堇青的內心卻是沒有絲毫波瀾，就像許家人對她沒什麼感情般，同樣地，堇青也對這些血脈相連的家人很陌生。

如果是以前，受盡原生家庭欺壓的堇青，在得知自己的親生父母另有其人時也許會很激動，非常期待與親生父母相處。

可是對穿越到不同的世界、經歷過多次人生的堇青來說，她對「親情」已經能夠處之泰然、成熟處理了。

現在的堇青，對於親情抱持著「得之我幸，失之我命」的佛系想法。能夠與親人融洽相處固然好，然而性格不合，她也不強求。

畢竟親情只佔據了人生的一部分，並不是全部，一個人的生活過得好不好，更多的是看那個人會不會過日子，而不是把希望寄託在親人身上。

當然，能夠獲得親情堇青也是高興的，她不會愚蠢得把親人往外推。何況，她這次重生的目的是報復許嬌嬌，許嬌嬌爲了保住許家千金的身分找人殺死她，那麼，堇青就讓許嬌嬌做不成這個許家千金！

堇青深明「會哭的孩子有奶吃」的道理，她悲傷地看了相擁的周婉琳與許嬌嬌一眼，隨即失落地垂下眼簾，把渴望愛，卻又因爲家人冷待而失望的表情生動地表現得淋漓盡致，就連很了解她的韓峻也差點被騙到了。

許庭安見狀假咳了聲，打斷了許嬌嬌的哭訴，他露出友善的笑容，希望能夠給予堇青這個很可能是他妹妹的少女一個好印象，並建議道：「我有熟悉的醫療機構，能夠優先處理我們的鑑定報告。如果堇小姐不介意，我們現在便去檢驗？」

堇青明白許家人心裡焦急，她自然沒有異議。韓峻雖然也想陪同堇青一起去，可惜現在韓家正在舉辦宴會，他身爲主人家，無法丟下賓客離開。

不過韓峻並沒有太擔心堇青，現在堇青已經開始重新修行，對付十個許嬌嬌也綽綽有餘了。

但是，在堇青離開前，韓峻有件事情要做。

堇青須要在許家眾人面前提升好感度，有些話便不那麼方便說。

既然如此，韓峻身爲堇青的男朋友，自然要爲她代勞，總不能讓堇青吃虧。

於是韓峻把視線投向了許嬌嬌，發現心上人往自己看來，許嬌嬌頓時不哭了，含羞答答地回望過去。

可惜韓峻完全漠視了許嬌嬌的秋波，只嚴厲地向她提出：「許小姐，妳私自隱瞞了身分的事情，是不是要向阿堇說聲對不起？」

原本一臉嬌羞的許嬌嬌聞言，頓時露出難堪的表情。然而她知道現在不是任性的時候，許家眾人都在看著呢！

爲了爭取留在許家的機會，她現在得好好表現，可不能再任性了，於是許嬌嬌只得向堇青道了歉。說「對不起」的時候許嬌嬌泣不成聲，卻並不是因爲後悔，而是因爲滿心的屈辱與恨意。

與許家相熟的醫療機構爲他們的親子鑑定做急件處理，數小時後，結果便出來了。許嬌嬌果然與許家夫婦沒有任何血緣關係，同時亦證明了堇青才是他們的親生女兒。

「小青……我可以這麼叫妳嗎？」獲得堇青頷首後，周婉琳小心翼翼地建議：「現在天色已晚，小青，妳一個女生回去也不安全，要不妳與我們一起回許家？」

即使許嬌嬌再不願意讓堇青踏足許家，可她卻無法反對。

堇青既已確定是許家的孩子，她回到許家便是理所當然的事情。

然而出乎許嬌嬌預料，堇青卻搖了搖頭，道：「我之所以把這件事說出來，是因爲覺得你們同樣身爲受害者，有知道眞相的權利。至於讓不讓我回許家……對於這點，我其實並不強求。因此你們可以好好地想一想，別輕率地下決定。如果眞的想認回我這個女兒，希望我能夠搬回許家，我當然是高興的。可若你們想要維持現狀，我也很理解。我已經不是需要父母照顧的小孩子了，你們不用太顧忌我，好好想一想，明天再給我回覆就好。」

說到這裡，堇青垂下眼簾，輕聲說道：「只是……即使你們不願意讓我回許家，我也希望你們能夠承認我的身分。我並不是貪圖許家的錢財，而是我的養父母實在……我只是希望能夠有一個一勞永逸擺脫他們的方法。」

裝可憐誰不會？哭鬧只是低段數，懂得以退爲進讓人心疼才是高手！

堇家的事情並不是祕密，之前堇青爲了脫離堇家操控，被指責不孝順父母、不愛護幼弟，當時事情鬧得很大，許家只要一查，輕易便能知道堇青到底在那個重男輕女的家庭吃過多少苦頭。

許家眾人並不知道堇家的事情——他們雖然知道堇青是誰，甚至還看過她演的幾部電影，然而對於娛樂圈的消息卻沒有多加注意——但聽到堇青這麼說，也猜到她在堇家的生活一點兒也不好，甚至可能受了很多委屈。

作爲許家的家主，許庭安應允：「既然妳是我們的親人，這事情斷沒有挾藏著的必要，妳放心，我們不會讓堇家的人再煩擾妳。」

許庭安已經想著，回去以後要好好調查一下堇家，畢竟他們很可能會接堇青回許家，再加上堇家的人是許嬌嬌的血緣親人，往後許家免不了要與堇家打交道。

要是堇家好相處的話當然最好，他們也不介意好好提攜一下對方。可要是堇家太貪婪騰鬧的話……

這個年紀輕輕便因爲父親過世而臨危受命、把許家帶領至另一高峰的許家家主，危險地瞇了瞇雙目。

他會讓堇家後悔的！

第五章．回到許家

財富與權力雖然並不代表一個人的幸福程度，但不可否認，這些東西總能爲生活帶來更多便利。

就像那份加急的親子鑑定，以及現在來到許庭安手上的那份堇家的調查報告。

看著報告內容，許庭安的臉黑得像鍋底似的。雖然從堇青的片言隻語中，他已經猜到堇青在堇家只怕受了不少委屈。然而許庭安卻想不到，堇家的做法比他想像中還要過分許多。

讓年幼的女兒當童星賣藝養家，堇青在工作空檔還要像個傭人般照顧幼弟，堇家則厚顏無恥地吞掉了堇青所有工資，全都用來揮霍……

他們許家的女兒，絕對不能讓人這麼作賤！

看過這份資料後，許庭安已決定要讓堇青回到許家了。

同時他心裡也熄了讓許嬌嬌回到堇家的心思，堇家人這麼極品，還重男輕女，許嬌嬌雖然不是許庭安的親妹妹，但也是看著長大的，絕不讓她被這家人欺負去。

許庭安拿著這份堇家的資料離開書房，打算也讓母親與弟妹看看，結果才到客廳，便聽到許嬌嬌的鬼哭神號。

「嗚嗚～我不要離開家裡，這裡明明是我的家啊！我捨不得媽媽！捨不得大哥、二哥！難道你們都不要嬌嬌了嗎？」

許庭安：「……」

家裡出了這種事，許庭安正苦惱著該怎樣把不好的影響減到最低，許嬌嬌這種哭鬧不已的舉動實在讓他有些心煩。

偏偏多愁善感的周婉琳卻很吃她這一套，見許嬌嬌哭得這麼可憐，周婉琳心都疼了：「不會，媽媽當然不會不要嬌嬌。妳是我從小看著長大的孩子，妳就像我的親女兒啊。」

許庭偉雖然是個毛毛躁躁的紈褲子弟，可是他最重感情，聽到母親的話，也認同道：「嬌嬌妳別亂想，即使我們沒有血緣關係，妳也是我許庭偉的妹妹。」

許嬌嬌梨花帶雨地詢問：「真的嗎？媽媽與哥哥不會把我趕走？我還是可以待在許家，可以與你們在一起嗎？」

許庭安聽到許嬌嬌的話以後眉頭直跳，正要說話，然而周婉琳卻已允諾：「妳當然不用離開，我們是一家人，哪有一家人分開住的道理？如果妳想與堇家的人一起，媽媽不攔妳。但妳想留在許家的話，媽媽只會高興，又怎會趕妳走？」

一旁的許庭偉也幫腔：「就是！那個堇青算什麼？雖然她是我的親妹，可是我與她又不熟，妳才是我看著長大的妹妹！」

周婉琳聞言雖然覺得許庭偉這種排斥堇青的想法不太好，只是看到許嬌嬌終於被小兒子逗得破涕爲笑，也就不說什麼。

同樣說不出掃興話的人，還有一個許庭安。他其實是想把許嬌嬌暫時先送走的，畢竟堇青很快便會入住許家，兩個女孩子住在同一屋簷下，委屈了誰都不好。

當然，了解過堇家狀況後，許庭安不會讓許嬌嬌回堇家，他本來想著先讓許嬌嬌搬離許家，住進許家其他房子，等堇青熟悉許家後再討論其他。

畢竟他們與許嬌嬌再有感情，堇青才是他們眞正的親人，也是在這件事情中最大的受害者，他們總要顧忌一下堇青的心情。

更何況，許家與堇家錯養了孩子的事情馬上便會流傳開去。如果讓其他家族知道他們還把那個「假千金」當親女兒一樣留在家裡，不知道會被怎麼嘲笑呢！往好的去說，便是他們許家重情義。然而往壞的方向說，便是許家拎不清，到這種時候還把假女兒當寶，留在家裡下真女兒的臉。

可現在周婉琳都已經應允讓許嬌嬌留下了，許庭安開口讓對方搬走也太傷她的心，只得走一步算一步。

說不定……說不定兩個女孩能夠和平共處？

這個想法一出，許庭安就發現連他自己也不相信。不禁嘆了口氣，隨即拿著資料舉步走進客廳。

「嬌嬌，妳先回房間，我有些事情跟母親與庭偉說。」

見許庭安特意支開自己，許嬌嬌立即便想到他們要討論安置堇青的事情。雖然她不想離開，可難得現在周婉琳允諾讓她繼續留在許家主宅，她也不敢表現得太任性惹他們不喜，便乖巧地應聲離開。

當許嬌嬌離去後，許庭安這才把調查到的資料交給兩人看。

「怎會這樣？」看到資料上詳述堇青這些年在堇家到底過著怎樣的生活，多愁善感的周婉琳頓時紅了眼眶。

尤其看到堇青小時候有次發高燒，堇家卻爲了省醫藥費而不帶她去看病，差點害堇青丟了一條命，周婉琳更是忍不住流下眼淚：「當年小青還這麼小，他們怎能忍心？」

許庭偉則是一臉震驚，其實他對堇青的出現是有些反感的。在許庭偉看來，他們一家人生活得好好的，堇青就像個破壞他們家庭和睦的壞人。雖然他心裡也明白堇青是個受害者，可是看到自己從小看到大的「妹妹」因爲堇青的出現這麼傷心難過，身爲妹控的許庭偉心裡自然不喜堇青。

至於堇青才是他親妹？

抱歉，他們根本不熟！

可是現在看過這份資料，許庭偉忍不住想，若當年兩個孩子沒有被調換，那麼堇青便會在許家像個小公主般生活，他們疼愛的妹妹也會是堇青。

她不用在小小年紀出來賺錢養家，也不用事事以那個堇家弟弟爲先。因此眞的要說被虧待的話，堇青才是那個被虧得足足十八年的人。

而許嬌嬌，則鳩佔鵲巢地佔據了他們的寵愛，在知道眞相後故意隱瞞，繼續心安理得地享受著堇青應有的一切，更在公開場合當眾嘲諷堇青的出身……

許嬌嬌一直表現得很可憐，似乎受到了天大的委屈，可其實最可憐、最委屈的那個人不是堇青嗎？

想到這裡，許庭偉連忙甩了甩頭。

不不不！怎能這樣比較呢？

這樣對嬌嬌不公平！嬌嬌也是受害者，她也不想這樣的！

最多……最多堇青搬進來以後，他也對堇青好一點吧？畢竟也是自己妹妹……

許庭安看著周婉琳與許庭偉完全出賣了內心想法的表情，不禁苦惱地揉了揉太陽穴。心裡期望堇青入住許家後能夠一切和睦，別出什麼事情就好。

第二天一早，身為許家大家長的周婉琳便親自聯絡了堇青，表示對她這個新成員的歡迎，並希望她能夠搬進許家，與他們一家團聚。

堇青問：「那許嬌嬌怎麼辦？」

周婉琳聞言有些尷尬，雖然她覺得讓許嬌嬌繼續待在許家沒什麼問題。然而聽到堇青的詢問時，她卻有些心虛，不知道該怎樣開口告訴對方他們的決定。

就好像讓許嬌嬌繼續留在許家，就是對堇青的一種虧待似的。然而許嬌嬌也是她的女兒啊！

這麼想著的周婉琳，在心裡說服自己的決定沒有錯，邊向堇青解釋：「是的，媽媽希望小青妳能夠明白，在這件事情裡妳與嬌嬌都是受害者。妳也知道堇家的環境……不太好，嬌嬌也已經習慣了家裡的生活，所以……」

堇青輕笑道：「我明白的，只要許嬌嬌不介意，我也希望我們一家人能夠和睦共處。過去的事情，便讓它過去了吧。」

周婉琳還以為堇青會鬧，想不到對方這麼寬厚，立即高興地說：「好好！嬌嬌她當然不會有意見，她昨晚還一直說覺得對不起妳，希望能夠與妳成為姊妹呢！」

隨後兩人商議了下堇青來到許家的時間後，便結束了通話。

堇青與韓峻二人歷經多世已是老夫老妻了，相認後她便直接搬到韓峻家住。可惜才同居不到兩天，她便要搬到許家。不過想到可以好好作弄許嬌嬌一番，堇青又高興了起來。

一直旁聽堇青與周婉琳對話的韓峻，有點意外地挑了挑眉：「許家竟然還打算留著許嬌嬌，甚至讓她繼續住在主宅。想不到許家竟然會這樣拎不清。」

要知道把許嬌嬌留在許家，便等於繼續承認對方許家人的身分。那麼是不是代表許嬌嬌也擁有許家產業的繼承權？

即使許家眾人不介意，許家未來的親家會不會介意？許家在對待家族血脈的事情上如此兒戲，哪個門當戶對的女生會願意嫁給許家的兒子？

再加上留下許嬌嬌，絕對是狠狠打了堇青的臉。現在許家兩個女兒，一個名不正、言不順，一個雖然親生但又似乎不受寵，韓峻都看不懂許家這個神操作了。

聽見韓峻不滿的話，堇青道：「讓許嬌嬌留在主宅，這應該是周婉琳的意思吧……啊！我現在應該改稱她『媽媽』了……媽媽她爲人心軟，以前在周家時很受寵，婚後又與爸爸琴瑟和鳴，一生順風順水的沒經歷過什麼波折。甚至在丈夫死後公司的事情還有穩重的大兒子接手，根本不用她煩心。因此她的想法難免天真，也沒有太深層的考慮。」

說到這裡，堇青忍不住笑了：「其實許家的做法更合我心意。要知道許嬌嬌在許家長大，與許家眾人有著深厚的情分。再加上在調換嬰兒一事中她也是受害者，要是現在讓許嬌嬌脫離許家，許家只會覺得虧欠了她，必定會在其他方面對她諸多補償，這可不是我樂意看到的。」

韓峻想了想，覺得堇青這番話的確在理。堇青在許家人心中不及許嬌嬌親厚，可許家把許嬌嬌留下來，自然會覺得虧待了堇青。到時兩人有什麼爭執，許家人也會不自覺地偏向堇青，甚至還會覺得許嬌嬌都如願留下來了，怎還這樣不懂事。

人的心態便是這麼奇怪，會偏向同情弱勢的一方。再加上許嬌嬌留下來，許家會因此受到不少非議，長此下去只會消磨雙方的情分。

因此仔細想來，其實許嬌嬌選擇先離開一陣子，再找個合適的機會返回許家，這才是最聰明的做法。

心裡知道這道理是一回事，只是韓峻還是認爲事情的發展再怎樣對堇青有利，堇青還是受委屈了。

堇青笑嘻嘻地依偎在韓峻懷裡：「放心吧，你什麼時候看過我吃虧？現在吃了的虧，我總會讓對方十倍、百倍地還回來。何況我有你作後盾，眞的在許家住得不高興了，我便立即與你結婚，搬到你家裡當韓家的女主人！氣死許嬌嬌，嘻嘻！」

聽到堇青談及結婚，韓峻雙目一亮：「其實我們可以現在便氣死她。」

堇青看著青年亮晶晶的眼神與變得通紅的耳朵，被對方萌得不要不要的。心想自家戀人怎麼就這樣可愛、這樣地招人喜歡呢！

不過堇青還是拒絕了韓峻的建議：「這事情要一步一步來，我也不想讓人覺得是我巴著你不放。」

雖然提議被堇青拒絕，但韓峻並沒有太過惋惜。他們二人已經歷過漫長的相處時光，感情非常堅定與深厚，不會因爲短暫的分離而不安。

他們作爲身懷眾多功德金光的修眞者，又有著萬華鏡可以超脫時間、空間，將有許許多多的時間可以在一起，並不急在一時。

▲▲▲

這兩天，無論是報紙還是網上，都被堇青的名字佔據了。人們聊天的話題，也總是離不開「堇青」二字。

先是有傳言堇青因爲吸毒被捕，惹來了第一輪的傳媒狂歡。

然而只過了一晚，這些胡亂報導的傳媒便被狠狠打臉，事情竟迎來了大反轉。

堇青在記者會中澄清她是受害者，有人想要僞裝交通意外來謀殺她，這方面也得到了警方的確認。

雖然之前胡亂編排堇青的話還掛在熱搜，然而這對於傳媒來說是難得一見的大新聞，他們就像是集體失憶似的，隻字不提前一晚充滿揣測性的不實報導，彷彿沒事人般更新了堇青的狀況。

接著，還傳出了堇青以韓峻女友的身分，出席了韓家的宴會。眾人都在驚訝堇青的好運，竟然能夠高攀到韓峻這種高富帥之際，則又爆出了堇青原來是真正的許家千金一事！

許家與韓家門當戶對，這麼一來，一些嘲諷堇青被包養、或者是攀高枝的人都閉嘴了。

記者們爲了流量，或多或少都曾報導過堇青的負面新聞。結果只是短短兩天，他們全都被堇青把臉也打腫了。

而且事情反轉的速度實在快得讓他們始料未及，往往他們的新聞才剛有熱度，打臉便來了。這讓記者們在面對堇青時，都覺得臉好痛！

雖然臉還在痛，但爲了養家餬口，工作還是得繼續。幸好堇青素來不會刁難記者，除非對方惡意質詢，不然堇青對傳媒都是很友善的。即使再忙，也總會停下來讓他們拍張照片交差，因此，雖然堇青打臉功力驚人，但記者還是很喜歡採訪她。

這次堇青前往許家時，果然也看到守在許家外圍的記者，她並沒有爲難他們，客客氣氣地回答了記者幾條問題後，還很合作地讓記者拍了幾張照片才離去。

在許家等待堇青到來的許庭偉，聽著外面隱約傳來的熱鬧聲音，有些不高興地說道：「真吵！我也不是對演員這份工作有什麼意見，可是堇青回到許家後，我已經可以預想到我們將不得安寧了。」

許庭安皺了皺眉，道：「我們應該尊重她的想法，要是她喜歡當演員，那我們作爲家人，只要支持就好。」

周婉琳也安撫道：「小青這些年已經很不容易了，我們既然是一家人，這些事情應該包容一下。現在是小青剛回許家，這才引起這麼多人注意。只是庭偉你真的不喜歡的話……要不我讓保全將那些記者趕走？」

許庭偉這人口硬心軟，他也只是抱怨一下而已，聽到要把記者趕走，便擺了擺手道：「算了，眞把那些記者趕走，說不定那些傳媒又會亂寫堇青小人得志在耍大牌了，總不好讓她爲難。」

許家主宅位於許家的私人土地上，要是他們眞的不想被記者騷擾，那些記者根本無法接近許家。

聽到許庭偉的話，許嬌嬌心裡充滿了嫉妒。心想堇青才剛來，許家的人便已經這麼爲她著想了。要是給他們培養感情的機會，到時候還有她的位子嗎？

明明這些年來是她以許家女兒的身分承歡膝下，給了許家這麼多的歡樂；堇青只憑血緣關係便想把她踢走，憑什麼!?

許嬌嬌心裡嫉妒的火焰熊熊燃燒著，她狀似天眞地說道：「阿青姊姊還打算當演員嗎？以前她是沒有選擇，可現在她回到許家了，我們可以供她繼續學業呀！」

權貴出身的許家人難免有些歧視演員這份職業，覺得當演員只是玩票性質，不算是正業。即使堇青已經在這行有所成就，在他們看來也是不值一提。堇青還年輕，好好讀書顯然比演戲更加重要。

堇青小時候逼不得已出來當演員養家，現在她回到許家了，他們便想著好好彌補堇青，堇青才十八歲，現在開始專注學業完全來得及！

許嬌嬌提出這事情，當然不是眞的爲了堇青好。她想著堇青小小年紀便被推出去賺錢，學歷必定不高，家裡又重男輕女，堇青也不知道有沒有國中畢業呢！

要是堇青繼續學業……許家千金都成年了還在上國中，這不是笑死人嗎？又或者許家花大錢把她塞入大學，那也不是什麼光彩的事情。

只要許嬌嬌暗地裡操作一番，便能夠把堇青沒文化一事放上檯面，讓人看不起她。

如果堇青很喜歡當演員，不願意放棄演戲那就更好了。看到堇青不高興，許嬌嬌心裡便爽。要是堇青爲了此事拒絕許家的提議，說不定還能夠讓許家人因此討厭她呢！

懷著惡意，許嬌嬌心情愉悅又期待地看著堇青步入了許家。

第六章・賄賂風波

許家眾人因爲許嬌嬌一番狀似無心的話，關注起堇青的學歷。

安頓好堇青以後，他們便趁著吃晚飯時婉轉地提出想讓堇青暫時退出娛樂圈，先把學業完成的提議。

可以看出，許家眾人對於堇青這個剛認回來的女兒還是很上心的。他們是眞心爲堇青好，才提出這種建議。

然而他們的提議，卻被堇青一口否絕了。

「哎呀，阿青姊姊，妳別覺得我說話不好聽。許家不是普通家庭，難得妳現在有條件，請上進一點吧！不然妳會被人取笑，家裡也會跟著丟臉。而且妳連大學也沒有畢業的話，是很難找到門當戶對的人願意娶妳的。」

別看許嬌嬌這番話說得尖酸刻薄，可其實自從許家得知堇青這個親生女兒的存在後，有著深深危機感的許嬌嬌一門心思想與堇青爭寵，已經好一陣子沒有像平常般刁蠻任性，而是改走了白蓮花路線。

然而只要一面對堇青這個破壞了她幸福的人，許嬌嬌便總是隱藏不住心裡的惡意，說話變得尖銳起來。只是許庭偉與周婉琳都不是敏銳的人，甚至還有些傻白甜；再加上從小疼寵許嬌嬌，濾鏡太深了，在他們心裡刁蠻的許嬌嬌一直是個口直心快的好孩子。雖然覺得許嬌嬌這話說得不好聽，但也認為句句在理。

也就只有身為商場老狐狸的許庭安，明確感受到許嬌嬌話裡的鄙視與惡意。

只是許庭安卻沒有為堇青說話，畢竟在家人願意讓許嬌嬌留下來時，許庭安便已經預料到這兩個女生很難和平相處。這種狀況往後多得是，他幫不了堇青多少次。再加上許嬌嬌也是他的妹妹，因此只要對方不做得太過分，像這種女孩子間的口角，許庭安是不會插手的。

「首先，我們在同一天出世，也不知道到底誰是姊姊、誰是妹妹。但要是妳想搶著當『許家受寵的么兒』，那麼我也懶得較真了，便受妳一聲『阿青姊姊』吧！」堇青可不是好欺負的，一開口便把許嬌嬌的小心思說了出來，看著對方黑起來的臉，堇青愉悅地勾起了嘴角。

隨即堇青續道：「還有我有些不明白，為什麼不會有門當戶對的人娶我？韓峻不就是我的男友嗎?他可是說了,要是我願意的話,隨時可以與我結婚。」

看到堇青談及韓峻時臉上露出的幸福微笑,許嬌嬌頓時怒火中燒,恨不得衝上去撕爛她的臉:「搶了妹妹的未婚夫,竟然還如此洋洋自得,妳還眞是厚臉皮!」

許家眾人也覺得堇青過分了,韓峻退婚後許嬌嬌所受的打擊他們都看在眼裡,現在堇青直接拿韓峻來打擊許嬌嬌,這未免太狠,更給人得了便宜還賣乖的感覺。

許庭偉性格率直、心裡也藏不住話,聞言忍不住斥喝:「堇青,妳這樣說話也太過分了!」

面對眾人不贊同的眼神,堇青氣定神閒地喝了口茶,這才說道:「誰說韓峻是許嬌嬌的未婚夫?他是我的未婚夫才對。」

「韓大哥明明就是我的未婚夫!當年許家與韓家指腹爲婚……」說到這裡,許嬌嬌的話倏然而止,想起什麼似地煞白了臉。

堇青點了點頭,道:「就是啊!阿峻是我指腹爲婚的未婚夫。只是我們小時候被人不小心調換了,妳才頂替了我的位子。要說『搶』的話,也是妳搶了我的男人。幸好我與阿峻有緣，本應屬於我的最終還是回到了我的身邊。」

看到許嬌嬌深受打擊的模樣，堇青不介意再來一記狠的：「說起來，也是因爲阿峻與我在一起，他的父親調查我的時候發現了我的身世。要是阿峻沒有喜歡我，那麼他的父親便不會調查我，我也不會知道自己其實是許家的人呢！」

許嬌嬌覺得自己就像個笑話，她一生最引以爲傲的兩件事情——無論是許家千金的身分，還是韓峻這個未婚夫——全都是屬於別人。

就像堇青所說般，要較眞的話，其實她才是搶走別人東西的人。

只是許嬌嬌不甘心就這樣放手，也無法讓自己不去仇視堇青。

「別去扯其他有的沒的，我們現在討論的是妳的前途。」許嬌嬌說不過堇青，決定把話題拉回堇青的學業上。

既然堇青喜歡當演員，那她便要讓堇青不得不退出娛樂圈！

於是許嬌嬌裝作痛心疾首地道：「阿青姊姊，妳就聽我們勸吧！忠言逆耳，娛樂圈是很光鮮亮麗沒錯，可都只是虛榮，終究及不上努力學習來得腳踏實地。」

周婉琳也勸道：「小青，要是妳眞的喜歡當明星，待妳完成了學業以後再回娛樂圈玩玩也可以。到時候許家會大力支持妳，妳不會比現在差太多的。」

許庭安也幫腔：「妳可以考一個音樂學位，至少混個大學畢業，學音樂也能夠對妳的事業有幫助。」

堇青想了想，覺得許庭安的提議也不錯。

她原本對樂器早有涉獵，後來在穿越的其中一個小世界還曾經當過音樂家，也許在這方面繼續發展一下也不錯？

心裡已經有了打算，堇青便討價還價地道：「其實我要繼續學業，根本就不須要退出娛樂圈。我現在在娛樂圈的地位，已經不用像那些新人一樣頻繁地出鏡來維持曝光率，我現在走的是精品路線，一年只拍一、兩部電影。因此我完全可以在兼顧工作之餘，還繼續進修音樂。」

聽到堇青鬆口，許庭安也不是一定要逼她退出娛樂圈，於是雙方便各退一步，氣氛在許嬌嬌不甘的注視下再次和諧了起來。

許庭安詢問：「妳心目中有想進的學校嗎？」

堇青說了一間大學的名字，這是全國頂尖、即使在全球排名中也是首屈一指的首都大學。

許庭安聞言心裡頓時犯難。

如果是別間學校，許庭安有信心把堇青塞進去，可是像首都大學這種名校就很有難度了。

畢竟首都大學的高層大部分都是德高望重的學者，領導者林校長更是一個很清廉的老先生，根本不會接受賄賂。

雖然心裡知道這事情很難辦，可這是許庭安這個當大哥的第一次爲堇青做事，他想著絕對不要讓新來的妹妹失望，便鄭重地允諾：「放心，阿青，我一定會想辦法讓首都大學接受妳的。」

堇青訝異地瞪大雙目：「咦？不用，我自己就可以……」

然而不待堇青把話說完，許庭安便打斷了她的話，道：「別說了，阿青，既然是我們提出讓妳繼續學業，那麼我便有責任讓妳進入心儀的好學校。」

菫青想說她不用許庭安幫忙，然而卻察覺到許嬌嬌露出一副不懷好意的模樣。菫青眼珠一轉，便把要說的話吞回肚子裡。

反正只要許庭安聯繫林校長，便會知道她是眞的不用賄賂也能夠入學的。因此菫青就不多說，她滿想看看許嬌嬌露出這種惡意滿滿的表情，到底心裡又打著怎樣的壞主意。

過了幾天，一切風平浪靜。

然而這就像是暴風雨前的寧靜，在許家眾人出乎意料之下，菫青被首都大學順利接受以後，許嬌嬌便露出了她的爪牙。

許家爲菫青準備的房間裝修用料名貴、布置溫馨，顯然花費了不少心思。這一晚，菫青躺在柔軟的大床上，習慣了睡前看看手機，便見自己又上熱搜了。

人都會對自己的名字特別敏感，因此一開始在熱搜標題看到自己的名字時，菫青還沒看到標題寫什麼，心裡已經立即起了猜測，想著大約又在說自己回到許家的事情？

只是都過了好幾天，現在這事還掛在熱搜嗎？

然而當她仔細看過內容，卻發現熱搜說的是別的事，且還是惡意十足的抹黑。

熱搜的內容大約是說堇青回到許家後，因為學歷低丟了許家的臉，被家裡勒令她要重返校園。又因為堇青心比天高，不是名校看不上，竟然指定要到首都大學就讀。許家拿她沒辦法，只得花了大錢收買了林校長，這才把堇青塞進學校裡鍍金。

網上已經一片罵聲，全都在罵堇青一朝小人得志，還有嘲笑堇青的低學歷。

哈哈哈！你們還叫她女神，她小學都不知道有沒有畢業呢！

才剛回到許家，便想走後門上首都大學，真噁心！這怎麼對得住那些認真求學的學生？

大家別這麼快下定論，消息還未證實，難道前段時間的打臉都忘了嗎？

可這次的消息有根有據啊！記得堇青曾經與堇家大鬧一場，便是因為堇家重男輕女把她當搖錢樹。既然如此，堇家捨不得讓堇青繼續上學也很合理，所以堇青學歷低是肯定的吧？

只有我覺得學歷不是重點嗎？一個人的學歷並不直接代表他的人品與成就。

看到最後那則言論時，堇青給它點了一個讚。

實在是堇青眞心覺得學歷不代表一切，有很多富豪都是低下階層起家，出身低不代表一輩子翻不了身，學歷高也不代表高人一等。

當然，正所謂藝多不壓身，學多點東西自然是好的，但也不至於因此而去看輕別人。

堇青這個讚立即讓黑子們抓住不放，他們都說這是實錘了。堇青就是學歷低還走後門，現在事情被人捅出來，便開始裝委屈，想要塑造別人歧視低學歷的形象。

堇青眞是太不要臉！

就在堇青因爲手賤按了一個讚，而被全網黑時，一只紙鶴從窗外飛進房間。

堇青攤開雙手，讓紙鶴降落在她的掌心。在這個世界會使用這種修眞手段的人就只有一個，雖然這裡有著各種現代化的科技，可有時候堇青與韓峻更加喜歡使用修眞界的小法術，也算是他們之間特有的小情趣。

果然，很快堇青便聽到了紙鶴傳來了韓峻的嗓音：「阿堇。」

韓峻通訊的時機來得很巧，顯然是知道了網上的風雨，因爲擔心而特意聯繫。

接收到戀人的關心，堇青高興地傻笑起來。

哎呀，雖說他們都老夫老妻了，可是堇青被關心還是很高興，心裡甜滋滋呀怎麼辦！

韓峻對堇青了解得很，光是聽她的笑聲，便知道網上這種小打小鬧影響不到她的好心情。

不過韓峻可不會讓堇青平白被人欺負，他這次「打電話」，是想要先了解清楚情況。要是堇青需要他幫忙的話，他便立即反擊過去！

之前不想過於探究戀人的隱私，韓峻只大約了解了下她的近況，著重調查到底是誰暗殺她的事情，對於堇青的學歷卻不太清楚。

韓峻自然知道堇青絕不是個不學無術的人，甚至她還曾在不同的小世界裡獲得了卓越的成就。要是堇青公開了她所擁有的知識，絕對能夠嚇死那些亂說的黑子！

雖然如此，韓峻也想到了堇青過去的家庭狀況。或許在這個世界中堇青的確沒有學位，因此才會被人拿來作文章。

韓峻有所猶疑的只有堇青的學歷問題，至於報導中說堇青小人得志、要求賄賂校長什麼的，韓峻是一個字也不信的。

對此，韓峻心裡已經想好了多種應對方法。只要堇青想，他有一百種方法幫她回復名聲，還能狠狠報復那些黑子。

可惜堇青素來很有主見，韓峻知道出了這種事情，堇青應該已經有所想法。他要是貿然出手，說不定還會破壞堇青的計畫。

再加上出於對堇青的尊重，韓峻並沒有站在保護者的立場私自出手幫忙，而是先徵求堇青的意見。

不得不說，韓峻的做法非常正確。堇青從小便習慣了自己解決事情，雖然有人幫忙她也不是不領情，但對堇青來說，那種「自以爲對你好」的幫助總是帶著一絲高高在上，韓峻做事的方法讓堇青感到很舒服。

在韓峻說出對堇青的關心、並且詢問有沒有什麼事情需要他幫助後，堇青便嘿嘿笑道：「我早已經有對策了，現在先賣個關子，你明天便期待一下事情的反轉吧！保證精彩。不過，我的確有些事情想要你幫忙……」

與堇青極有默契的韓峻，立即聞弦歌知雅意地道：「我會讓人確定鬧事人的身分，並且搜集足以檢控的證據。」

堇青對韓峻的行動力表示滿意，咯咯笑道：「去吧！皮卡丘！」

與韓峻結束通話後，堇青眼珠一轉，便離開房間，並敲響了許庭安書房的門。

這次把她要繼續學業的事情捅出來的人，堇青心裡已經有所猜測。

畢竟這事情知道的人不多，然而不出幾天便已傳得人人皆知，再加上爆料人提出的資料很詳盡，並不像一知半解的道聽途說。

只要想想那些知道消息的人之中，誰有動機做出這些事情，堇青的心裡已經有了懷疑的對象。

罪魁禍首的身分交給了韓峻讓人調查，堇青現在要做的，便是去阻止許庭安插手這件事情。

此時許庭安已經知道堇青被人全網黑了，他素來不關注娛樂圈的事情沒錯，只是自從許家把堇青接回來後，他的助理便會爲他多關注幾分。

見堇青上了熱搜，而且還是因爲求學事件，助理立即便把此事告知許庭安。

對於發放這則消息的人的身分，許庭安想的與堇青差不多，只是得出來的結論卻完全不同。

知道這件事情的就只有幾人，許庭安不會懷疑自家人，負責聯絡校方的助理又是他信得過的人，因此他猜測的是首都大學那邊走漏了風聲。

再想到他們聯絡林校長時，準備用來賄賂對方的禮物還沒拿出來，對方一聽到堇青的身分，便應允讓她入學。之前許庭安已經覺得很奇怪，現在更覺得是有人故意要搞他們許家。堇青這個當事人很可能只是被殃及的池魚，對方眞正的目的是要弄臭許家的名聲！

聽到堇青的敲門聲後，許庭安便讓她進入書房，並安慰她：「網上的事情我已經知道了，會讓人盡快把熱搜撤下，且把那些不利妳的留言刪除。」

然而令許庭安訝異的是，堇青卻拒絕了他的幫忙：「我已經讓阿峻去調查那個放黑料罵我的人的身分了，現在還不宜打草驚蛇。何況把那些留言刪掉，對方大可以重新放上網。我身爲明星，小小的事情都會被人無限放大，控制相關言論要付上很大一筆錢。我不想、也沒必要這麼做。」

「怎會沒必要呢？阿青，既然妳回到許家，許家便是妳的後盾，妳遇到任何事情我們都不會置之不理……」

聽著許庭安不贊同的話，一副爲她名聲急得不行的模樣。堇青眨了眨眼睛，疑惑地歪了歪頭，問：「大哥，你應該已經與林校長溝通了吧？他是怎樣說的？」

原本堇青以爲她既然已被首都大學接受，那麼許家對她的誤會應該也解開了。然而在許庭安眼中，她似乎依然是個不學無術的小可憐。深怕別人拿這點來抨擊她，會傷到她的自尊心？

「大哥，你們聯絡林校長時是怎麼說的？」

許庭安道：「也許是看在許家的面子，林校長還沒聽我談價錢，一口便答應了收下妳，過程順利得不可思議。不過要給的我們許家還是不會吝惜，我已經讓助理明天給林校長送禮……」

堇青嘆了口氣，道：「不，大哥，你可別送禮，不然便是得罪人了。林校長之所以願意收我，是因爲我本就是首都大學的學生，而且成績還很好，跳級完成了學業。因爲我職業的原因，再加上堇家那邊經常帶來各種麻煩，因此上學時我都隱瞞著身分。也全靠校長與教授們惜才，幫著我遮掩。」

看著許庭安驚訝的表情，堇青叮囑：「所以大哥完全可以不用替我走後門沒關係，現在我不怕網上的人指罵，待阿峻查清楚幕後黑手的身分後，我便會公開這事情，到時候謠言自會不攻而破。」

許庭安這才眞正正視堇青。之前他調查了堇家，可對於堇青卻沒有過於深入調查。他只是大致了解了一些堇青的過往，以及她進入娛樂圈後的一些作品與事件，卻沒有過於挖掘她的私生活。

現在，許庭安發現自己對這個剛認回許家的妹妹的了解實在太少了，而且還有著很多先入爲主的偏見。

因爲堇家的情況，因此許家眾人便私自認爲堇青的學歷一定不高，又固執地覺得堇青一開始拒絕退出娛樂圈，後來又要求要進首都大學是因爲虛榮。

誰知道對方根本是個天才，還偷偷跳級完成了學業。他們之前的猜測，現在回想起來簡直可笑得很。

難怪林校長一聽到他提出的要求，輕易便答應把堇青這個學生收下，因爲堇青本就是他們大學的得意門生啊！

許庭安忍不住對眼前這個美麗的少女生起了敬意，在堇家的壓榨下，堇青還能夠獲得現在的成績，顯然是才華與努力都不缺。

之前他以爲自己對堇青已經足夠重視與寬容了，至少相較於周婉琳與許庭偉，許庭安覺得自己對堇青與許嬌嬌是一視同仁。

可現在他突然發現，其實自己對這個妹妹還是有著輕視的。

看到許庭安露出了無地自容的神情，堇青很快猜到他心中所想。其實堇青覺得這個大哥還是不錯的，對她尙算友善。雖然有些看輕她的能力，但還是尊重她的意見，沒有表現得高高在上。因此堇青反過來安慰他：「大哥，我自小不在你們身邊長大，彼此還很陌生。相信隨著對彼此的了解，我們很快便能夠成爲眞正的一家人。畢竟磨合是需要時間的，不是嗎？」

說罷，沒讓許庭安感動多久，堇青又道：「雖然我很期盼與大家成爲家人，然而，許家要是有人針對我的話，那也別怪我不客氣。」

許庭安很聰明，聽到堇青的話，再聯想到她寧可讓韓峻這個男朋友去查，也不願意拜託他這個家人，也猜到堇青懷疑的人是誰了。

「阿青，嬌嬌雖然有些任性，但也不至於會拿刀捅自家人……」許庭安有心為許嬌嬌辯護，然而越說便越是底氣不足。

先前因著對家人的信任，許庭安完全沒有把告密者的身分往許嬌嬌身上想。可事情被堇青挑明以後，他突然覺得自己也不是這麼確定了。

不會吧……

堇青看著許庭安，道：「大哥，我也不想懷疑許嬌嬌，只是她的嫌疑實在太大了。現在只等阿峻的調查結果，如果告密的人不是嬌嬌，那自然是好的。可如果真的是她針對我，那我也不會白白被人欺負。」

許庭安張了張嘴，可他最終沒有為許嬌嬌辯解，只是點了點頭道：「我明白了，我不會插手的。」

堇青過來就是等著許庭安這句話，獲得對方的承諾後她便不再久留，向對方道謝後便離開了書房。

第七章・趕出許家

堇青離開許庭安的書房時，敏銳地感覺到從暗角處傳來的視線。

那人躲的位置很好，堇青雖然看不到對方，然而她經常被狗仔與私生飯跟蹤，因此對暗中監視自己的視線非常敏感，立即便察覺到了。

堇青對於這個偷偷監視自己的人的身分已經有所預測，她迅速做出反應，露出一副失魂落魄的模樣緩步回到房間。

當堇青關上房門後，暗角處果然步出了一人，正是被堇青懷疑的告密者——許嬌嬌。

第二天一早，堇青便收到了韓峻傳給她的資料。

果然如她所料，那個在網上爆料、甚至找水軍來黑她的人就是許嬌嬌。只是韓峻給堇青的這份資料，還有些堇青想不到的有趣東西。

堇青見狀挑了挑眉，心裡已經對接下來的反擊有了想法。

當堇青步入飯廳時，許家眾人早已在等待著她。看到她下來，都把視線投往堇青身上。

堇青淡定地向眾人道了聲早安後，便坐到餐桌前吃著早餐。

許嬌嬌看到堇青竟然完全沒有她預期中的焦慮頹廢之色，忍不住裝作擔心的模樣與她聊天，然而說出來的話卻充滿了冷嘲熱諷：「哎呀，阿青姊姊，妳走後門進首都大學的事情已經被人在網上捅出來了，難道妳還不知道嗎？我們都快要愁死了呢，媽媽今早看到消息，連早餐也吃不下了！」

許嬌嬌的一番話是故意的，既點出堇青想走後門這種不光彩的事，又說周婉琳爲了她的事情都吃不下早餐，偏偏堇青卻吃得有滋有味，這不是不孝是什麼了？

在許嬌嬌看來，堇青就只是在故作鎮定而已。這幾天她都關注著堇青的動向，昨夜便看到堇青進入過許庭安的書房與他詳談，應該是沉不住氣想要懇求對方幫助了。

對此許嬌嬌心裡冷笑，心想賄賂的事情牽涉到許家，已經可以說是醜聞了。許家要是仍愛惜羽毛，這時候便應該與堇青撇清關係才對。

雖然許嬌嬌不認爲許庭安會對一個剛認回來，便因爲走後門而害許家聲譽受損的妹妹太上心，可是她也擔心對方會一時心軟而幫助堇青。因此昨夜她看到堇青去找許庭安時，許嬌嬌便躲在書房門外。直至看到從書房出來的堇青臉上都是被拒絕的頹廢模樣，許嬌嬌這才心滿意足地離開。

果然如許嬌嬌所料，過了一晚的醞釀，堇青都在網上被罵死了，許家仍是沒有絲毫動作，甚至連韓峻及堇青所屬的公司都沒有任何作爲。

許嬌嬌不禁心裡暗喜，猜測是不是堇青太能惹事了，終於引得韓峻不喜，連星途娛樂的公關也放棄她？

要知道韓峻是個低調且正直的人，要是落實了堇青不自量力地要求入讀首都大學，並且還讓許家實行賄賂之事，說不定韓峻看清楚這個女人的眞面目後，便會把她棄如敝屣呢！

堇青看著許嬌嬌臉上掩飾不住的喜意，心想她眞是太沉不住氣了。

許嬌嬌不是要裝白蓮花嗎？

裝不到兩天，這副惡毒女配的嘴臉又忍不住露出來了呀喂！

堇青無視了許嬌嬌的挑釁，轉向一旁想要安慰她又不知道該說什麼的周婉琳，道：「抱歉，媽媽，讓妳擔心了。事情已經解決，我讓經紀人在網上做出了澄清，也請大學那邊配合著我們的行動，很快便會沒事了。」

許家眾人聞言都傻了。

「什麼意思？明明妳就是走後門，算什麼澄清？」說到這裡，許嬌嬌像想到什麼般，尖聲質問：「難道妳用了什麼齷齪手段，才把事情擺平了!?」

許嬌嬌的尖叫聲嚇了眾人一跳，很快許嬌嬌便想起了自己的白蓮花人設，連忙裝柔弱地解釋：「我也是擔心家裡嘛……難道阿青姊姊妳要把錯推給家裡，或者要麻煩韓大哥為妳洗白嗎？姊姊妳別怪我這麼激動，我也是擔心妳會連累許家……要不為了家裡好，姊姊妳就別做明星了。當明星要被人指指點點，我們也心疼呢！只要妳退出娛樂圈，網上的傳言也傳不了多久。」

許嬌嬌的演技實在不行，想裝柔弱又沉不住氣，神態轉換得就像個神經病，堇青看著都替她尷尬。

許嬌嬌這番看似爲堇青著想的話，其實造成的後果將非常惡劣。

要是堇青眞的如她所說般退出娛樂圈，的確以許家的地位，能夠確保堇青退圈後不再受傳媒滋擾，甚至養她一輩子也行。只是他們無法阻止別人談論她，堇青的名聲也因此完了，留下了絕對無法抹除的污點，到時候她還能如願嫁給韓峻嗎？

即使韓峻不介意，在上流社會的圈子裡，堇青只怕也永遠無法抬得起頭了。

許嬌嬌說罷，卻見堇青沒有說話，只是一眨也不眨地盯著她看。

相較於許嬌嬌，堇青的演技可強大得多了。她不用說話，只見堇青一雙波光瀲灩的眸子逐漸浮現出水光，眼中是被背叛的悲傷與怒火，把一個受到了親人傷害、壓抑著怒意來面對始作俑者厚顏無恥的感情，表現得充滿層次。

看到堇青這副表情，許嬌嬌心裡警鐘大響：「怎、怎麼這樣看我，妳走後門又不是我的錯……」

「許嬌嬌，妳到了現在還想算計我？我眞不明白，由始至終我都沒得罪過妳，甚至在媽媽詢問時，我想也不想便贊成讓妳留在許家，我是眞心想當妳的姊妹。可妳就這麼討厭我，一定要把我毀掉才可以嗎？早知道會把妳這條毒蛇留下來害我，我當初便不該同意讓妳留下來！」堇青說罷，眼中的傷心便變成了決絕，把一個被親人傷透了心、從此與對方斷情絕義的受害者角色演得淋漓盡致。

堇青相信只要這次她再把許嬌嬌所做的事情告知許家眾人，往後她對許嬌嬌反擊，許家人也無法指責她太過冷酷無情了。畢竟堇青曾向許嬌嬌釋放出善意，是對方不領情，還反咬了她一口。

堇青拿起手機按了幾下，許家眾人的手機同時響起了提示鈴聲。

眾人都收到了一份資料，結合剛剛堇青的動作，也猜到是她傳送過來的，皆不約而同地拿起了手機查看。

堇青傳給許家眾人的，自然便是韓峻今早提供給她的資料了。資料有著很多無法反駁的實錘，甚至連許嬌嬌賣堇青情報給記者，以及聯繫水軍的通訊與匯款記錄都有。

許家眾人看過內容後，神色都難看得很。許嬌嬌更是臉色發白，眼中浮起了明顯的驚恐。

堇青冷笑兩聲，道：「妳以爲我走後門買學位，這消息放出去便能毀掉我的名聲，在上流社會也會成爲被人嘲笑的對象。下手倒是挺狠的，可惜要讓妳失望了。林校長之所以願意收我，並不存在所謂的利益輸送，是因爲我眞的有這個實力。」

「什麼？怎麼可能！」許嬌嬌再也裝不了白蓮花了，她凶狠地反駁。

許嬌嬌從小便是爭強好勝的性格，她一開始根本沒有把堇青放在眼裡，心想堇青才是許家眞正的千金又如何？一個窮酸的戲子而已，堇青從未接觸過上流社會，即使被許家認回來，硬是穿起了龍袍，也不會像太子吧？

許嬌嬌之所以找人幹掉堇青，雖然的確是對堇青的血緣身分多少有些忌憚，但更多的其實只是單純因爲看堇青不爽。又覺得堇青這種普通百姓死了就死了，是當紅影后又怎樣？她的粉絲也頂多爲她意外過世悲傷一陣子，誰會往深處想？

這次許嬌嬌暗害堇青，也是因爲她看不起對方沒文化，實在太想將這事情公告天下了。畢竟無論是相貌、談吐、家世甚至戀人，堇青都完勝許嬌嬌。許嬌嬌能夠從堇青身上獲得的優越感，也就只有學歷了。

可現在，堇青卻說她是首都大學的高材生，她不僅邊工作邊讀書，還很優秀地提前完成了學業？

許嬌嬌的心態頓時崩了！

見了許嬌嬌不願接受事實的模樣，堇青聳了聳肩道：「我騙妳做什麼？妳現在便可以上網看看，就連首都大學那邊都出公告澄清了，這還有假的嗎？」

現在網上已經炸了，雖然昨晚學歷事件爆料時，有不少人都覺得堇青不會這麼輕易地玩完，只是也認為這會成為她無法抹去的污點。

就連堇青的粉絲，也只能乾巴巴地辯解網上的消息未確定，算不得準。有些粉絲則說堇家對她不好，學歷低也不是堇青的錯。至少堇青想要繼續讀書，她還是很有上進心的。

只是這些言論一出，都被人嘲笑堇青好高騖遠。想要繼續學業不是錯，然而沒有相應的能力卻又爲了虛榮心而硬要讀名校，甚至還賄賂校長來獲得學位，這就不是什麼好事情了。

誰知道堇青竟然不聲不響地完成了首都大學的課程，看首都大學那邊官方已經出聲明確定了堇青的舊生身分，而且一切都有證有據，做不得假。

還以為堇青是沒學識的草包，想不到竟然是跳級完成學業的天才！

神經病！哪個藝人不是有一分天分，便把自己吹噓成十分的天才？甚至明明只有國中學歷，為了學霸人設而偽稱自己有博士學位的藝人也比比皆是！堇青這傢伙也低調得太過分了吧？

這麼好的機會她不炒作，難道就只為了留著打臉嗎!?

總而言之，黑子再一次被打得臉腫了，堇青的粉絲則是覺得揚眉吐氣，隨即便瘋狂吹起了堇青的彩虹屁。

整個狀況充滿了戲劇性，看得路人驚嘆連連。

原本以爲這位風頭正盛的影后要糊了，誰知道這次的事情反倒讓堇青成爲了勵志的代表。

可憐那個把這事情捅上網路的始作俑者，原本打算用來攻擊堇青，誰知道結果卻反倒成全了對方。

那位被全網默默同情與嘲笑的始作俑者許嬌嬌，此時的確如那些網友所猜想的那樣，氣得快要吐血了！

要知道她花了這麼多心思，還花了不少錢來買水軍帶風向，結果竟然是爲堇青增添了大大的光環！

童年不幸，卻仍是邊工作邊跳級完成了首都大學的學業……只怕現在說到全國最勵志人物，大家都會立即想到了堇青對吧？

許嬌嬌噁心得要死，哪怕她心裡再悔恨，現在也於事無補。此時堇青又說道：「阿峻在調查水軍的時候還發現，這些水軍是聽許嬌嬌的要求行事沒錯，然而付錢的人卻是二哥。」

對於許嬌嬌對付堇青一事，雖然許庭安與周婉琳感到意外，但也覺得尚在情理之中。然而連許庭偉也摻了一腿，他們都覺得很驚訝，二人訝異地看向了神色複雜的許庭偉。

堇青嘆了口氣，道：「從一開始，我便告訴大家我不強求回許家，是你們經過商議後決定接納我這個新的家人。可想不到我回到許家後，卻受到這種迫害……我很想詢問二哥一聲，你到底是怎樣想的？」

許庭偉滿臉羞愧，卻硬是不作聲。

看到許庭偉這副模樣，許庭安生氣地斥責：「庭偉，你竟然要害自己的妹妹？而且你知不知道弄出這種醜聞，許家也脫不了干係？你怎麼腦子這麼不清醒，你要害死大家嗎？」

許庭偉爲人急躁，心裡藏不住話。許嬌嬌看許庭安如此責罵他，擔心許庭偉情急之下會說出什麼對她不利的話，便接口說道：「對不起，大哥。二哥也只是心疼我，他是無心的，你就別怪他了。」

聽到許嬌嬌這種明著是想爲他說情，實際上卻是把他的「罪名」坐實的話，許庭偉無法置信地看向說話的許嬌嬌，卻見許嬌嬌撇開了視線完全不看他。

許庭偉眼神一黯，嘴巴動了動，最終卻沒有反駁。

其實許庭偉雖然應許嬌嬌的請求幫她買水軍，可根本就不知道她用來幹什麼。雖然在昨晚事情爆發以後，許庭偉便猜到了這是許嬌嬌的傑作。只是相較於堇青，許庭偉更加心疼與偏心許嬌嬌這個自己從小看著長大的妹妹。誰想到許嬌嬌竟然這麼不管不顧的，把許家也一併拖下了水！

只是現在把這些說出來，就好像故意把許嬌嬌推到前面，好減輕自己的責任似的。許庭偉性格倔強又講義氣，寧願被誤會也絕不會出賣同伴。

許庭安深知許庭偉的品性，他相信許庭偉再毛躁也幹不出來損害家族利益的事情。同樣，他也知道許嬌嬌一刁蠻起來，很多事情都會不管不顧。因此到底那些水軍是怎麼回事，許庭安心裡已經有了一番推論。

也許許庭偉還傻傻地以爲許嬌嬌只是因爲害怕，所以在東窗事發後選擇推卸責任，可許庭安卻知道，自家的傻弟弟在這次的事件中是被許嬌嬌當槍使了。許嬌嬌的做法，實在讓許庭安感到很寒心。

即使許庭安也猜想過堇青與許嬌嬌難以和平共存，他卻想不到許嬌嬌竟然這麼快便忍不住，而且一出手便要把天捅破了！

許嬌嬌一逮著機會便要毀掉堇青的名聲，下手時還把許家拉下水、把疼愛她的許庭偉當槍使，就只因爲她許嬌嬌的小情緒！

堇青到底有哪點對不起許嬌嬌？不說她同樣是當年事件的受害者，就說堇家那邊的狀況，兩個嬰兒互調絕對是許嬌嬌撿了大便宜。現在堇青回到許家，也大方地表示願意與許嬌嬌一起生活，許嬌嬌根本就沒有損失，到底她在不高興什麼？

想到這裡，許庭安不由得生出一個想法：

果然不是血緣親人，即使是從小養大的孩子還是養不熟。

同時對於許嬌嬌的處置方法，許庭安也有了決定。這次即使周婉琳再爲許嬌嬌說情，許庭安也不會繼續姑息她。

誰知道，就在許庭安想要說出對許嬌嬌的處置時，一直不作聲的周婉琳突然提出：「這次的事情要給小青一個交代，把嬌嬌送離主宅吧。」

所有人都震驚了，就連堇青都驚異地看著她。畢竟周婉琳是真的很疼愛、甚至稱得上溺愛著許嬌嬌，也是因爲周婉琳的堅持，在迎回堇青的時候，許嬌嬌才能夠繼續留在許家大宅。

許嬌嬌之所以會屢屢對付堇青，也是因爲她覺得周婉琳是絕對不會放棄自己的，因此做事才如此有恃無恐。

可現在作爲許嬌嬌最強後盾的周婉琳，卻反而是最先提出把她送走的人，這怎能不讓大家感到震驚？

周婉琳之所以這麼做，並不是因爲她不愛許嬌嬌了。相反地，她是真的把對方視作親女兒看待。正因爲她察覺到許庭安已經開始嫌棄許嬌嬌了，認爲許嬌嬌繼續留在許家並不是好事，反而離開讓眾人消消氣，對許嬌嬌來說才是更好的選擇。

周婉琳雖然總有些不諳世事的天真，然而作爲一個母親，她對自己孩子的事情總會特別敏銳。

除了爲免許嬌嬌留下來繼續作死，最終消耗掉所有與許家的情分外，周婉琳經過這次的事情，也終於從「我家小女兒最可愛最貼心」的濾鏡下，察覺到許嬌嬌對其他孩子的危險性。

許嬌嬌爲了自己心裡的惡念，不管不顧地把許家拉下水，在傷害堇青的同時，還坑了爲堇青聯繫林校長的許庭安，以及替她買水軍的許庭偉。

這次的事情處理得不好，在眾人的心裡只怕會留下一根刺，再多來幾次，這個家只怕都要散了。

周婉琳可以縱容許嬌嬌，可是當事情會危及另外三個孩子時，她決定要做出一番取捨。

這次許嬌嬌完全算錯了周婉琳的反應，對方的確是把她視爲親生女兒疼愛，然而即使感情暫時不深，堇青也是周婉琳的女兒啊！何況還有許家兄弟，哪個不是周婉琳的寶貝？

在三個孩子都被許嬌嬌坑害的情況下，周婉琳再對許嬌嬌不忍心，還是決定硬起心腸把人送走。

許庭安早就想把許嬌嬌送離主宅生活了，出了這種事情更是覺得這個妹妹不能留。爲了給堇青一個交代，立即打鐵趁熱地讓傭人把許嬌嬌的東西收拾好，把人送到許家的一棟別墅去。

聽到許庭安等人的決定，許嬌嬌嘩的一聲哭了出來，她這次眞的怕了。

周婉琳看到許嬌嬌悲傷的模樣時也紅了眼眶，但仍是鐵了心地要把對方送走。

堇青一直默默看著這場鬧劇，既沒有聖母地爲許嬌嬌說好話，也沒有落井下石地踩她一腳。

她就知道以許嬌嬌這種被寵壞的性格，也不用她出手幹什麼，許嬌嬌便能夠把自己作死了。

看！她都作得被最疼愛她的周婉琳掃出家門了呢！嘻嘻！

第八章·堇家

許家最近好戲連場，先是爆出他們替人家養了十八年女兒後，總算接回了堇青這個眞正的血緣親人。然而堇青回到許家還沒享什麼福，便爆出了這麼大的負面新聞，自然惹來眾多吃瓜群眾看好戲。

不少嫉妒堇青飛上枝頭變鳳凰、甚至還找到韓峻這個優質男人的人，看到這消息時都在心裡暗自冷笑。心想這個女的是許家血脈又怎樣？在外面養了這麼多年，只怕都被養廢了吧？

看，堇青剛回許家不久便已經鬧出這種大新聞，明明沒文化還妄想進入首都大學，眞是笑死人了！

一些覺得自己有機會上位的女人，更是想盡辦法頻頻出現在韓峻面前。就像今天的一場會議，便有其中一名合作伙伴的女兒特意來到會議場地露面，吃飯時還一直有意無意地提起堇青，後來說話間她的膽子愈來愈大，竟直接說起堇青賄賂首都大學的事情，想要試探韓峻的想法。

韓峻冷笑了聲，一臉嘲諷地說道：「陳小姐，妳今天大概還沒有看新聞吧？不然妳便會知道阿堇是首都大學的高材生、是個邊工作還邊跳級完成了學業的天才。至於妳，卻只是國外三流大學畢業。請問妳怎麼還會有臉去嘲笑阿堇的學歷呢？」

隨即韓峻便站了起來，向那位合作伙伴說道：「陳總，我們的合作我想沒有必要繼續了。」

說罷，韓峻便揚長而去。

雙方雖說是合作伙伴，然而這筆生意對韓家來說可有可無，可對那個陳總來說卻是費心爭取過來的，因此仔細說起來，其實是陳總在求著韓家合作。

陳總怎樣也想不到，平常雖然有些嚴肅，但對人還是客客氣氣的韓峻竟然說翻臉就翻臉。又或者應該說，陳總猜想不到堇青在韓峻的心目中佔了這麼重的地位。他的女兒只是說了堇青幾句壞話，他們的合作便黃了。

陳總想厚著臉皮追上去，結果大步離開的韓峻卻若有所感地回頭看了他一眼。

那一眼，陳總彷彿看到了刀光劍影，耳邊像是響起了「錚錚」的劍鳴聲。

從韓峻眼中傳來的銳意殺氣，竟讓陳總腿軟地坐倒在地上，整個人顫抖不已。

當他緩過來時，便已經失去了韓峻的身影。

韓峻在離開的路上，想到他比較堇青與陳小姐的學歷時，陳小姐臉上那一陣紅一陣白的臉色，突然有點明白了堇青的惡趣味。

因爲打臉這種事情……眞的太爽了！

這次堇青還能夠隔空打情敵，果不愧是打臉的專業戶。

韓峻懷著愉悅的心情駕車來到了許宅，提早結束會議，他便過來與堇青好好約會一番。結果卻看到試圖闖進去，卻被保全攔住了的兩人。

韓峻把堇青放在心尖上，自然不會認不出這兩個鬧事的人是誰——正是堇青的養父、養母。

韓峻打從心底厭惡這二人，原本想著越過他們離開。可後來韓峻又改變了主意，把車駛到堇父堇母的身邊，並降下車窗的玻璃詢問：「請問你們是堇家的伯父伯母嗎？」

這二人是來許家找堇青的。他們從新聞裡得知，堇青竟然是有錢人的女兒，只是因爲與他們的孩子調換了，這些年才在堇家長大。

這一聽怎得了？他們爲許家養了這麼多年孩子耶！沒有功勞也有苦勞，許家竟然就這樣子搶走他們的女兒？

於是堇家人頓時心生貪念，決定到許家來討要補償。

雖然堇青手裡有著他們寶貝兒子堇光榮的罪證，可是當初堇青說的條件只是別打擾她，又沒有說別打擾許家不是嗎？被金錢蒙蔽了雙眼的堇家人都把自己說服了，便心安理得地去找許家的麻煩。

卻不知道他們想找許家麻煩，無異是以卵擊石，人家許家要對付他們方法多得是。要不是許家看在堇父、堇母是許嬌嬌親生父母的份上，只怕這兩人已經被他們以各種理由丟到牢裡。

雖說許家很有錢沒錯，堇家要求的金額對許家來說也不值一提。可堇家別說養堇青了，當年根本就是反過來要小堇青養活他們，甚至他們現在的房子還是用堇青小時候工作的血汗錢買來的。許家不告他們虐兒就已經很好，又怎會願意給他們錢？

於是堇家人便天天來鬧，然而他們根本就接近不了許家大宅附近。許家也不怕他們，反正在堇青不給家裡錢時堇家已經鬧過一次，全世界都知道是堇家理虧。身爲公眾人物的堇青不怕，只不過是低調有錢人的許家就更加不怕了，把事情鬧大了也是堇家沒臉而已。

其實堇家人也知道他們拿許家沒辦法，只是他們實在不甘心，便依然天天到許家附近鬧，今天便撞上了韓峻。

他們見韓峻開著名車，身上穿戴的怎樣看也是有錢人的行頭，而且還能夠自由出入這裡。最重要的是，這個不認識的年輕人對他們很客氣啊！說不定他會願意帶他們進去，堇父、堇母頓時生出了希望。

堇母小心翼翼地詢問：「你認識我們？」

韓峻輕笑道：「當然，我是嬌嬌的朋友，你們是過來找嬌嬌的吧？」

董父董母聞言愣了愣，這才想到韓峻口中的「嬌嬌」是他們的親女兒許嬌嬌。

他們被韓峻的話驚醒。

對啊！那個許嬌嬌才是我們的女兒，她孝順家裡是應該的吧？

現在才想到找許嬌嬌，實在是董父董母之前拿董青的錢拿習慣了。即使後來董青想法子與他們斷絕了關係，在董家人的心目中她這個白眼狼還是應該上繳所有收入來養家的。

拿不到董青的錢，董家人心裡都很不甘心，這都要成心病了。

因此得知當年董家與許家的女兒被調換了，董父董母想到的不是去找親生女兒鬧，而是去找養女拿錢。

然而經韓峻這麼一說，他們才發現自己鑽牛角尖了。董青這塊硬骨頭這麼難啃，他們怎麼就一直與她死磕，而沒想過去找許嬌嬌呢？

眞要說起來，許嬌嬌才是他們的親女兒，找她供養家裡不是更加名正言順嗎？

於是董父立即應道：「對對對！我們就是來找嬌嬌的。」

韓峻笑道：「那眞不巧，聽說嬌嬌已經搬離了許家。」

才剛找到棵新的搖錢樹，想不到這樹便移了位置。堇父堇母頓時急了，堇父連忙追問：「知道她搬到哪裡去嗎？」

韓峻見堇家人完全不關心許嬌嬌爲什麼會搬離許家，滿心只想著去找她拿錢，被他們這副勢利嘴臉噁心壞了。

韓峻的演技不及堇青，臉上不由得洩露了幾分眞實情緒。然而堇家兩口子的腦中已經塞滿了有錢後盡情揮霍的幻想，沒有察覺到韓峻的異常。

「我暫時不知道嬌嬌搬到哪裡去，不如伯父伯母留電話給我，我打聽過後會盡快通知你們。」

聽到韓峻的話，雖然心裡有點失望，但比起這段時間已經算是有收穫了。韓峻氣勢很足，欺軟怕硬的堇父堇母也不敢繼續糾纏他，留下電話後便離開了。

打發走堇家人，當韓峻來到許家時，堇青早已換好衣服，高高興興地迎上去。

看著二人離開，許庭偉冷哼了聲：「嬌嬌被逼搬走，也不知道她現在怎麼樣。

堇青她卻倒是高興了……」

「庭偉，你怎能這樣說？把嬌嬌送走，是因爲她做錯了事，你怎能怪小青？」周婉琳不贊同地說道。

許庭偉素來懟天懟地，卻總是拿周婉琳這位溫柔的母親沒辦法。聽到周婉琳略帶責備的話，許庭偉頓時慫了，卻又不甘心地小聲反駁：「我知道不是她的錯……可是看到她這麼高興，可嬌嬌現在不知道是不是躲在被窩裡哭呢！想到這裡我便覺得心裡不舒服。」

聽到許庭偉的話，周婉琳也想到那個被千嬌萬寵著長大的女兒，現在不知道怎麼了，嘆了口氣道：「嬌嬌那孩子也眞是……令人擔心呢！」

看到家裡的兩個人才剛被許嬌嬌擺了一道，這麼快便好了傷疤忘了痛，竟然又再次想念許嬌嬌的好來，許庭安不由得無奈地嘆了口氣。

雖然許庭安也不是對許嬌嬌沒有感情，畢竟他們一起生活了十多年。只是作爲許家家主的許庭安，更多的是得爲家族考慮，心裡自然比其他家族成員冷硬幾分。

在許庭安想來，許嬌嬌實在是個大寫的麻煩。只希望對方離開了許家後能夠乖一點，別再鬧騰出什麼事情了。

被趕出許家的許嬌嬌，這段時間確實不好過。

當許家千金時她欺負了不少家世不如自己的人，之前爆出她不是許家人，那些人便已經蠢蠢欲動。但因爲她還能夠住在許家主宅，因此那些仍在觀望的人待她依然客客氣氣的。

可現在她離開了許家，這彷彿是一個她已失寵的訊息。即使許家並未完全放棄她，還是供吃供喝、零用錢也不缺，但對許嬌嬌來說，生活已經變得完全不同了！

許嬌嬌本就沒有多少眞心的朋友，現在不再有人願意奉承她，甚至不少朋友擔心得罪堇青這個眞千金而對她避如蛇蠍。

因爲許嬌嬌還姓「許」，眾人不知道她會不會有翻身的時候，倒是沒有人敢給她穿小鞋。但是身邊的人變得冷淡的態度，卻已經讓習慣了被捧著的許嬌嬌玻璃心碎了一地。覺得生活處處不如意，過得苦不堪言。

一個人的生活過得好不好，很多時候是取決於他對生活的態度。許嬌嬌過著很多人夢寐以求的優渥生活，卻仍是不滿足，心裡總認爲自己應該能夠過得更好。結果她的生活品質其實沒有太大的轉變，她卻像是受到天大的委屈似的。

許嬌嬌曾找過許家人哭訴，可惜她上次做的事實在傷了許家人的心，也讓許家人有了提防，他們願意給她如同以往的生活，然而對於讓不讓許嬌嬌回主宅，卻抱持著觀望的態度。

偏偏許嬌嬌並不知道許家人對她已有些離了心，還用著以前那種哭鬧的招數，向許家人加鹽添醋地訴說著自己如何被欺負。

一開始，許家還眞的以爲她被欺負了，性格急躁的許庭偉甚至瞞著家人爲許嬌嬌出頭，去找那些欺負她妹妹的人。

結果卻發現對方只是不與許嬌嬌好了，最嚴重的也只是言語間有些冷嘲熱諷而已，根本稱不上「欺負」。

許庭偉找碴不成，反倒丟盡了顏面，一次又一次的打擊消磨著他對許嬌嬌的信任與寵溺。往後許庭偉便對許嬌嬌冷淡多了，他知道自己沒有大哥聰明，有什麼事情也不再瞞著許庭安，以免再被許嬌嬌拿去當槍使。

許嬌嬌也察覺到許庭偉對她的戒備，她沒有在自己的身上找原因，完全無視了自己一次次對許庭偉的利用，反而怨恨上對方。覺得就只因爲自己不是許家血脈，許家人便不再像以往那般喜愛她。

在許嬌嬌自覺過得萬分不如意之際，堇家人在韓峻的指引下找上了她。

對於欺軟怕硬的堇家人來說，面對著許嬌嬌這個從小在名門長大的親生女兒，堇家人實在是底氣不足。

他們以往敢威逼沒有任何背景的堇青，可現在面對著還姓著「許」，且一副頤指氣使派的眞的自家女兒，堇家人卻完全不敢表現得太強硬。

可放棄許嬌嬌這棵新搖錢樹也讓人不甘願，於是堇家人便一改以往的作風，對許嬌嬌展開了溫情攻勢。

堇家三人還不遺餘力地在許嬌嬌面前拉踩堇青，以此抬高許嬌嬌，討她歡心。

自從堇青不願意再給堇家人錢以後，他們都把堇青恨死了，因此堇家人針對堇青的那些話並不只是爲了討好許嬌嬌，而是眞心實意地這麼想。許嬌嬌聽著便感到很解氣，鬱悶的心情也因此愉悅不少。

此時許嬌嬌已經對許家心生怨恨，覺得許家因爲介意血緣關係而藉故疏遠她。堇父堇母正好在此時對她噓寒問暖，讓許嬌嬌忍不住拿兩家人對她的態度做比較。更加覺得是不是親生的果然還是有區別，不知不覺便與堇家人親近起來，覺得堇家人才是眞正對她好。

許家雖然讓許嬌嬌搬出主宅，可是他們還是有在關注著她。得知許嬌嬌與堇家人親近後，與許嬌嬌關係最好的許庭偉曾特意提出告誡，告訴許嬌嬌堇家人都不是什麼好人。

結果許嬌嬌卻完全不領情，反而指責許家見不得她好。既然許家已把她驅逐離開了，那就不應該阻止她從親生父母那裡獲得親情。

自己的心意被許嬌嬌如此曲解，許庭偉終於對她冷了心。既然許嬌嬌已經有新的家人了，那麼他也不再硬湊上去。

堇青得知許嬌嬌與堇家人和樂融融時，頓時忍不住笑了出來。堇青肯定這個和諧的局面只是暫時性的，畢竟無論是許嬌嬌還是堇家，都不是省油的燈。他們同樣都是自私得不得了的性格，衝突絕對在所難免。

最近堇青工作很忙，發生交通意外前所拍的電影已進入宣傳階段。這部電影是衝著拿獎而拍的，堇青很有可能因爲這部電影再奪得影后殊榮，因此堇青最近都忙著電影的宣傳。

正好此時許嬌嬌與堇家人湊到了一起，堇青決定讓他們惡人自有惡人磨，她在旁邊看好戲就好。

堇青並沒有對外公布，散播她賄賂學校謠言的人正是許嬌嬌。

之所以放許嬌嬌一馬，是爲了那些剛認回的家人。只是堇青心裡有條底線，她很珍惜這些得來不易的親情，卻不會因此而委屈自己。要是許家人在許嬌嬌的事情上繼續拎不清的話，那麼她總有天會對他們失望的。

韓峻一直有讓人監視許嬌嬌與堇家的動向，戀人辦事堇青素來很放心，更決定全力進行新戲宣傳之時，讓韓峻能者多勞地幫忙暫時管理自己的產業。看到堇青交給他的資料，韓峻爲對方不聲不響儲下的資產而吃驚。

雖然知道已得過影后的堇青風光無雙，是絕對不會缺錢，只是堇青的有錢程度還是超出了韓峻的預期。

韓峻當然知道堇青很出色，只是現在堇青所擁有的資產，都是她穿越前打理得來的啊！當時的堇青沒有穿越過多個世界的閱歷，只是個十多歲的少女而已！

韓峻眞的覺得自己很幸運，能夠有堇青這麼出色的伴侶。每次堇青總能讓他刮目相看，發掘到她新的閃光點。

與有榮焉地翻看著手中的資料，韓峻發現堇青甚至持有星途娛樂的股份。

順著韓峻的視線看到資料內容，堇青俏皮地向他眨了眨眼睛：「我可是很看好你公司的發展喔！神祕的韓先生。」

單單只是一個眨眼的動作，便讓堇青散發著無盡魅力。即使已與對方是多世的戀人、夫妻，韓峻還是很純情地紅了耳朵。

韓峻羞澀的模樣取悅了堇青，逗得少女高興地歡笑出來。

▲▲▲

該說「最了解你的人永遠是你的敵人」，許嬌嬌與堇家很快又鬧出事情了。

堇家人願意捧她，讓許嬌嬌自覺獲得失去的親情，也許同時還帶著一些用堇家人刺激許家的小心思。許嬌嬌對於堇家是很不錯的，也不介意多給些錢讓他們花。

堇家人變著法子向許嬌嬌討要金錢，偏偏許嬌嬌從小便不缺錢，也不覺得給堇家人錢去揮霍是什麼大不了的事情，很快地，堇家人便被許嬌嬌養大了胃口。

隨著錢包一起鼓脹起來的，還有他們的傲慢。

堇家三口覺得有了許嬌嬌這個女兒、姊姊，便算是與許家拉上了關係，於是他們開始打著許家的名號在外面狐假虎威起來。

雖然堇家與許家之間只有許嬌嬌這個唯一的連繫，可別人看在許家的面子上，還是對堇家三口諸多退讓。

堇父堇母頓覺自己有個有錢人的女兒，便可以挺起腰桿做人。他們的兒子堇光榮在學校裡本就是令人頭痛的不良少年，現在更是有恃無恐，在學校裡欺男霸女了起來。

堇光榮收了一班手下，在學校被人喚作「大哥」，還看上一個漂亮的女同學，對她展開了熱烈的追求。

結果他的追求卻被那女同學婉拒，堇光榮頓覺丟了面子，又氣那個女生不識抬舉，竟然打算來強的，想要生米煮成熟飯！

幸好韓峻派去監視堇家的人及時出手阻止，不然只怕那個女生已經被堇光榮得手了！

第九章・東窗事發

因爲有許嬌嬌的金錢供應，堇光榮最近過得可謂風光無比。很快，他的心態便跟著膨脹起來，覺得自己背靠許家，什麼事情都有許嬌嬌罩著。

因此他才這麼大膽地想對女同學用強的，在女生回家的路上襲擊她。誰知道卻被人打擾了好事，還報了警把他抓到警局！

堇光榮立即慌了，他一如以往般抬出了許家的名號，試圖逼迫警察放了自己。

然而警察怎能這麼輕易便放人？如果堇光榮眞的是許家的人，也許他們還有所顧忌，然而他只是許家養女的親人，關係拐彎抹角得警察根本就不放在心上。

得知自家的心肝寶貝被抓到警局，堇父堇母立即趕了過去。他們與堇光榮所想一樣，想用許家的名頭來威脅警察。後來發現不管用以後，他們便改爲威嚇那名女學生與她的家人。

那個女生是小康之家出身，她對上流社會的事情並不了解，但也知道堇光榮是有錢人，而且對方一家人還不講道理，什麼事情都做得出來。像他們這些普通家庭出身的人，根本無法與之抗衡。

只是就這麼把事情當作沒發生過，選擇撤銷對堇光榮的指控，她卻又不甘心。女生的父母也贊同她的想法，認爲堇光榮年紀輕輕便膽敢對女同學用強的，實在不能讓這種人逍遙法外。於是他們便不理會堇家的警告，決心要告堇光榮。

堇家見那家人油鹽不進，便想了別的方法，到處造謠那女生引誘堇光榮不果，反倒把人告上了警局。

可惜堇家的如意算盤再次打不響。之前堇光榮追人時很高調，學校裡誰不知道是堇光榮看中那個女生？甚至還有不少人知道那女生婉拒了堇光榮的追求，還有人聽堇光榮說過，要是那女生不知好歹，他便要把人強辦了再說的話。

因此雖然這些謠言的確對女生一家造成了不少困擾，可是眞正相信的人其實沒幾個，更別說堇光榮能夠以此來脫罪。

堇父堇母看到威逼利誘、陰謀詭計都不成，實在拿那女生沒奈何。距離上庭的時間愈來愈接近，他們都慌了。

兒子就是他們的命，堇光榮被堇父堇母視爲將來唯一的依靠，對他們來說，有兒子才有底氣，才能為他們家傳宗接代。不然他們獲得怎樣的榮華富貴都是虛的，最終都是用來便宜了外姓人。

這也是堇青從小便很能賺錢，卻依然完全無法獲得堇家父母重視的原因。

現在心肝寶貝出了事，堇父堇母發現憑自己的力量擺不平以後，便哭著向許嬌嬌求助。

他們自然不會說實話，向許嬌嬌說的是散播謠言時用的不實版本，堇光榮成了被妖艷賤貨陷害的可憐人。

為了向許嬌嬌拿錢，堇光榮一直在她面前裝乖巧，因此許嬌嬌對這個弟弟的印象素來不錯。

再加上她其實並不在乎堇光榮到底有沒有做錯事，對許嬌嬌來說，堇家三口是她關照著的人，那個女生控告堇光榮，便是不把她放在眼裡！

許嬌嬌覺得這事情不算難辦，像這種不知道天高地厚的小女生，她有得是法子整治她。

「既然她敬酒不吃吃罰酒，那便找人教訓一下她，讓她充分了解到自己與我們對著幹是多麼愚蠢的一件事情，到時候她自然就會退縮了。」

「哎呀，閨女，還是妳有辦法！」堇母稱讚了一聲後，便爲難地說道：「只是我們都是普通人家，要找人去教訓那個女孩……這……我們也不知道該找誰呀！」

「這簡單，事情交給我辦就好。」許嬌嬌道。

原本許嬌嬌只是有些刁蠻任性，卻不至於像現在這樣罔顧法紀。只是她曾經找人暗殺堇青，有些事情只要做過一次，心裡的底線便會變得愈來愈低，從此沒有了對法律應有的敬畏。

只要遇上難事，便會想用不法的手段迅速達成目的。從此就像上癮了似的，會一而再、再而三地使用不法手段，完全不當一回事。

所以說，有些底線是怎樣也不能跨過去的。而許嬌嬌，卻已經跨過了守法的那條界線。

獲得了許嬌嬌的保證，堇家父母心裡大喜，好話頓時不要錢般脫口便來：「我家女兒就是有本事又孝順，懂得爲父母分憂，又愛護幼弟。不像那個堇青，養了她那麼多年，結果養出了一隻白眼狼！」

許嬌嬌最喜歡聽人詆毀堇青，尤其像這種一踩一捧的話。被他倆哄得很高興，她辦事的效率也高了起來，馬上便找了些黑社會的人來恐嚇女生一家。

原本許嬌嬌還要求那些人狠狠教訓女生一頓，打斷她一條腿。幸好韓峻的人一直在注意事態發展，及時救下對方，但女生卻已受到很大的驚嚇。

之前堇父堇母大鬧學校、到處散播謠言時，便是打著許家的名號。因此女生一家都以爲這些前來鬧事的黑社會全是許家找來的。

一開始，堇家人只是小打小鬧，女生一家雖然也有些害怕，但還是咬牙決定告到底。

然而這次對方眞的僱用黑社會進行恐嚇，實實在在危及了人身安全，即使心裡再不甘，他們再三思量以後只得決定撤銷控訴。

韓峻得知此事，便讓那個救下女生的手下給她一些建議。

手下安慰著女生，並且詢問她那些黑社會的事情。對於這個兩次仗義出手救了自己的人，女生自然是知無不言，便向他敘述了自己與堇光榮之間事情的始末。

聽到堇光榮的名字，手下便假裝驚訝地說道：「這不是女神……就是堇青的那個沒有血緣關係的弟弟嗎？我是堇青的粉絲，一直有關注和她相關的新聞。」

女生有些意外地看了看眼前的大叔，腦海裡忍不住幻想對方揮動著應援物品、激動地追星的模樣……意外地有些萌呢！

假咳了聲，女生打開手機搜尋了下，果真發現堇光榮便是影后堇青的弟弟。在好幾段堇家哭鬧著指控堇青不孝的影片中，堇光榮還有露臉呢！

那人為女生科普：「堇光榮根本與許家沒什麼關係，他的親姊姊是許嬌嬌，小時候與許家真正的千金、也就是我女神調換了，因此這些年來許嬌嬌都在許家長大。聽說最近許嬌嬌因為犯了錯，現在已經被趕離了許家大宅。要說許家為堇光榮找黑社會的人對付妳，我覺得可能性不大，更多的大概是堇光榮在狐假虎威罷。」

聽到救命恩人的話，女生雙目一亮，頓時看到了希望。然而她眼中的希望之光卻又很快熄滅了，嘆息著道：「無論堇光榮是不是在狐假虎威，可現在我形勢比他弱是事實。這一次運氣好，得你幫助避過一劫，可是下一次又怎樣呢？像我這種普通的老百姓，根本無法跟對方對抗。」

手下聞言便提議：「據我所知，女神從小便被堇家苛刻對待，與堇家的關係很惡劣。不如妳向她求助吧？畢竟女神才是許家的正牌大小姐，有她幫助的話，堇光榮絕對不足為懼。」

即使女生不是堇青的粉絲，可她也對這個人有些了解。堇青從小出道，至今都沒有什麼負面新聞，最有爭議的便是她與堇家脫離關係的那場官司。即使到了已經知道堇青與堇家完全沒有血緣關係的現在，卻還是有很多人覺得堇青不孝。

雖然堇青的做法招了些閒話，可女生卻很欣賞堇青的勇氣與決斷，誰說孩子就理應為父母做牛做馬？堇青都養了那家人十多年，難道真的要當他們一輩子的奴隸才叫孝順嗎？

當年引起這麼大的爭議，可堇青還是決絕地與堇家脫離關係，可見她有多討厭這家子人。要是自己向堇青求助，很有可能能夠獲得她的幫助。

女生心動了，從她一直堅持要把堇光榮繩之於法便可以得知，這是個很有原則、也倔強的人，如果有辦法，她也不想向堇家屈服。

手下續道：「堇青現在不是正爲新電影宣傳嗎？我有張首映會的入場券，這電影券給妳吧！」

女生猶豫片刻，雖然不想佔了救命恩人看偶像首映的名額，但這的確是她唯一可以接近堇青的方法，最終充滿感激地接受了。

其實在首映會要接近明星並不容易，只是堇青特意給予女生接觸她的機會，最終女生在一眾記者的鏡頭面前，成功向堇青訴說堇家的惡行。

這可是堇青特意爲女生挑選的時機，而女生也不負她所望，在首映會中成功把事情鬧大了。

這其實對那個女生來說也是種保護。有時候把事情鬧大，引來更多人的注視，敵人反而會因此投鼠忌器。畢竟這女生若出了什麼事，矛頭便會指向許嬌嬌或者堇家了。

對於女生的控訴，堇青適當表現出驚訝後，便義正詞嚴地表示僱用黑社會恐嚇這種事情，一定是許嬌嬌自把自爲的做法，許家對此毫不知情；並說，要是堇光榮眞的犯了法，自然應該受到法律的制裁。

四周記者想不到前來採訪首映會，竟然買一送一帶來了這麼勁爆的新聞。要知道富貴人家欺壓平民這種新聞本就吸人眼球，更何況事件還涉及許家那個與堇青調換了身分的許嬌嬌，記者們瞬間像打了雞血般興奮起來。

只是顧忌著當下終究是首映會，以及電影導演是個脾氣不好、在娛樂圈又地位舉足輕重的名導演，這些記者也不敢太過放肆，只能先乖乖採訪電影相關事宜。

待首映會結束以後，這些記者一窩蜂地繼續採訪那個被堇光榮與許嬌嬌聯手迫害的少女，並且心裡已對此打好了腹稿，各種引人注目的標題在一眾記者的腦海裡掠過……既然堇青表明了許家不會插手這件事情，那麼他們便可以盡情發揮了呢！

堇青的新電影獲得了空前的成功，雖然是衝著拿獎而拍的文藝電影，然而憑著懸疑的劇情、美麗的服裝與景色，以及一眾演員在線的演技，還是吸引了大批觀眾入場觀看。其中主角堇青那出神入化的演技，更是讓觀眾驚艷。極其出色的票房，讓其他文藝電影羨慕嫉妒得很。

堇青再次收獲了一大波粉絲及讚美，眾人都對這位年紀輕輕的影后的演技讚歎不絕。

堇青風光無雙之時，許嬌嬌收買黑社會、縱容親弟強暴女同學一事也上了新聞。堇青實在不得不佩服記者的強大，他們竟然找到了許嬌嬌收買黑社會的證據。更不嫌事大地把證據交給了那名女學生；而這個女生也剛烈，竟利用這份資料把許嬌嬌也告了！

許家得知此事後，想要把事情大事化小已經不可能了。甚至因爲之前堇家是打著許家的名號威脅女生一家的，因此許家也被牽涉到了其中。

此時許家被社會上眾多眼睛盯著，只要他們一插手許嬌嬌的事，立即便坐實了許家與黑社會勾結、欺壓百姓的罪名。

因此，當堇青忙碌的宣傳活動告一段落、終於再次回到許家時，馬上迎來了一場嚴肅的家庭會議。

許庭安道：「現在只有兩個解決辦法，一，與那個控告嬌嬌及堇光榮的女生達成和解。二，讓嬌嬌回到堇家，從此許家與她再無關係。」

聽到第二個方案，雖然主動提出讓許嬌嬌離開許宅，卻從沒有想過不要這個女兒的周婉琳立即反對：「嬌嬌是許家的女兒，雖沒有血緣關係，可她是我們看著長大的！怎能因爲孩子犯錯，我們便不要她了呢？離開了許家，那要嬌嬌怎麼辦？」

其實堇青理解周婉琳的想法。身爲母親，即使孩子犯了錯，都會選擇原諒，只是理解歸理解，堇青已經不打算再遷就他們了。

「許嬌嬌已經是個成年人了，許家每個月給她的零用錢那麼多，這些年來應該有不少積蓄。她要在外面獨立生活並不困難，我當年可是四歲就會養家了呢。」董青說。

眾人聞言不禁訝異，在面對許嬌嬌的事情上，董青以往一直表現得很寬容，他們想不到這次董青竟會這麼說。

看到眾人無法置信的表情，董青笑道：「之前看在你們的份上，我願意接納許嬌嬌、給她機會。可許嬌嬌一次又一次地針對我、還拖累許家，現在連強姦犯也包庇上了，還與黑社會有連繫，實在是膽大包天。要是現在仍護著她，還不知道她往後會做出怎樣的事情。我可不是聖母，要是到了這種地步我還忍耐她，那麼當年我就不會把董家告上法庭了。」

許家眾人這時才醒悟過來。的確，董青並不是任人欺壓的軟柿子，之前幾次容忍了許嬌嬌，只怕已是看在他們的份上了。

只是從認識董青以來，這女生一直都很好說話，這讓他們誤以為對方沒什麼脾氣而已。

想到這點，許家眾人不禁有點愧疚。似乎把堇青迎回許家後，他們都沒有讓對方體驗到什麼好事，反倒是煩心的事情一大堆。

因著心裡生起的歉疚感，素來對堇青沒有什麼好臉色的許庭偉，難得沒有像以往般急於護住許嬌嬌這個自己從小疼愛的妹妹，反而好聲好氣地與她討論：「可現在與嬌嬌劃清界線，不會顯得許家很冷血嗎？而且嬌嬌與我們許家離了心的話，豈不是更加容易被堇家欺騙……」

「你為什麼會這樣想？」堇青驚訝地反問：「許嬌嬌知法犯法，許家摻和的話便是狼狽為奸，與她劃清界線反而是好事，又怎會顯得冷血？至於堇家……基本上許嬌嬌已經把堇家視為最親的親人，你們反對她與堇家繼續來往，在許嬌嬌眼中也會自行演繹成各種負面的原因。二哥你之前不就與她談過了嗎？許嬌嬌根本就不會聽你們的。」

堇青的一番話說得有理，趁著許嬌嬌這次犯了錯，許家與她脫離關係才是明智之舉。只是畢竟是一起生活了十八年、看著她從一個小嬰兒成長到現在的親人，並不是說捨棄便能夠捨棄的。

即使是許家之中最為理智的許庭安，也很難決絕地表示要完全放棄許嬌嬌。

最終許庭安說道：「抱歉，阿青，我們還是想要幫助嬌嬌最後一次……」

周婉琳甚至說：「也許我之前讓嬌嬌離開主宅的方法做錯了，正因為嬌嬌缺失親情，所以才眷戀堇家給她的虛情假意。讓她回來，至少嬌嬌便不會再被堇家利用，也能更好地扳正她的思想。」

之前周婉琳要把許嬌嬌送走，主要是因為許嬌嬌的做法傷害了她的孩子。可這次許嬌嬌禍害的是別人家的孩子，周婉琳的態度自然有所不同。

「我明白了，大哥，你不用向我道歉，我尊重你們的選擇。」嘆了口氣，堇青道：「只是我與你們的想法有太大分歧，也許不太適合住在許宅，分開對大家都好。你們接許嬌嬌回來吧，我搬出去就好。」

這一次，堇青不打算再委屈自己了。

許庭偉皺起了眉：「我們好好地在商議，妳不高興便直說好了，怎麼用搬出去來威脅我們？」

「我沒有威脅你們的意思。」堇青搖了搖頭，那雙紫色的眸子彷彿有魔力一般，竟讓許家眾人心虛地不敢直視：「從一開始，我便把選擇權交到你們手中，是你們說想讓我搬到許宅、成爲許家的人。而現在，也是你們選擇嘗試挽救許嬌嬌，讓之前造謠針對我的養女搬回主宅。我尊重你們的決定，只是你們把許嬌嬌迎回來，把我置於何地呢？」

頓了頓，堇青嚴肅道：「只是我希望……你們不要後悔。許嬌嬌她，並不會輕易停止折騰。」

與許家眾人的家庭會議不歡而散，隨即堇青便搬出了許家主宅，然後高高興興地與韓峻度假去。

就像堇青說的，她從不強求要回許家，有得是地方可以去。比如她在某個國外小島便擁有一棟別墅。正好這段時間沒有工作，便邀請了韓峻一起去度假。

在出國前，堇青還做了一件事，而這件事，將會讓許家再次迎來一場大地震。

此時，許嬌嬌終於回到了許家，正在接受著周婉琳的噓寒問暖。

周婉琳覺得正是因爲自己之前讓許嬌嬌搬走，讓這孩子缺愛又沒有安全感，於是才改爲親近她的親生父母。周婉琳堅信自己一手教導長大的女兒是善良的，只是被堇家教唆，才會做出這麼出格的事情。

在許家的周旋下，那個女生總算撤銷了對許嬌嬌的控告，然而勾結黑社會一事卻讓堇光榮揹了黑鍋。爲了這件事情，堇父堇母大鬧了一番。

可惜有錢人只要不講理起來，多得是方法去整治他們。這也算是風水輪流轉，讓堇家人體驗一下被有錢人欺壓的感覺了。

許嬌嬌知道堇家已經恨死她了，相較於堇家，當然是當許家千金更加風光，因此她並不在意堇家那邊的想法。

只是她自有自己的一套是非觀，許嬌嬌並不覺得自己有做錯，甚至她還想著將來有機會，定要好好整治那個控告自己與堇光榮的女生一番。不是為了那個現在面臨檢控的堇光榮，只是為她自己出一口氣！

她甚至其實把許家也恨上了，認為要不是許家把她送走，她又怎會理會堇家，又怎會有步入歧途的機會呢？

不得不說，許嬌嬌這種腦迴路，與周婉琳的想法有某種程度的相似……

回到許家後，許嬌嬌同時面臨許庭安的訓責。她做出一副悔改的模樣，心裡卻滿滿是反叛的情緒。

許庭安哪看不出許嬌嬌的口是心非？心裡忍不住開始質疑自己，他們堅持把許嬌嬌接回來的想法到底有沒有錯……

相較於心裡有著疑慮的許庭安，周婉琳與許庭偉卻對於變得乖巧的許嬌嬌感到十分欣慰。他們都認為只要多給些耐心，便能夠把許嬌嬌糾正過來。

只是他們卻低估了許嬌嬌對堇青的惡意程度，很快現實便狠狠打了他們的臉。

許嬌嬌回到許家不久，警察便找上門來。

一開始，許家人還以爲是因爲堇光榮的案件有些事情需要與許嬌嬌確認，誰知道警察卻是來逮捕她的，而且罪名還是謀殺！

是的，堇青在出國以前，把許嬌嬌買凶暗殺她的證據匿名提供給警方了。

那份資料並不是之前韓峻搜集到的那些，而是新的一份資料。的確有些事情只要有過第一次，再下手便沒那麼困難。

許嬌嬌顯然還沒有放棄要堇青的命。

像許嬌嬌這種會咬人的毒蛇，堇青自然不會任由她繼續潛伏。正所謂打蛇打七寸，也是時候用它把許嬌嬌送進監獄了。

與之前僱用黑社會進行恐嚇相比，這次的謀殺罪名實在是嚴重多了。許家人無法相信這個他們從小看著長大的女孩，竟然會想要奪走別人的性命。

當他們從警方處得知，被許嬌嬌買凶暗殺的受害者正是堇青時，許家人心裡卻又好像沒有那麼意外了……

第十章・新的家人

許嬌嬌被捕後不久，警察還找到了新的證據。原來除了這一次買凶殺人，許嬌嬌也是不久前試圖造成堇青交通意外的主謀！

這事情一曝光，許家再次被推至風尖浪口上。

許家名下公司的股價大跌，人們已經對這個三不五時便出狀況的家族失去了信心。再加上堇青粉絲遍天下，不少握有股份的人也是堇青的粉絲。

別小看粉絲的戰鬥力，看到女神被欺侮，他們有股份的拋售股份，沒股份的便進行罷買活動，以及向路人科普許家的不靠譜。

從許家迎回許嬌嬌、堇青遠走他方時，粉絲們就已經對許家心存怨念了。現在這種怨恨一下子爆發出來，竟還是股不弱的力量，讓許家實在焦頭爛額。

因爲堇青這個關鍵人物在國外小島度假，警方暫時未能聯繫上她。有鑑案情嚴重，且案件受到社會高度關注，警方拒絕了許嬌嬌的保釋申請，將她持續關押著。

之前堇光榮一案，許嬌嬌被扣留的時間並不長。然而這一次，她已被關了好幾天。自小錦衣玉食的許嬌嬌何嘗受過這種苦？她又驚又怕，在周婉琳探望她時，許嬌嬌哭泣著請求許家想辦法把她撈出去。

周婉琳詢問：「嬌嬌，妳老實告訴我，妳是不是眞的買凶暗殺小青？」雖然罪證確鑿，可周婉琳還是懷著希望，祈盼著這一切只是誤會。然而在看到許嬌嬌閃躲的眼神時，她知道對方是眞的喪心病狂地派人去暗殺她的親生女兒了。

許嬌嬌也不是沒想過裝可憐、死不承認，只是警方的證據對她太不利了，因此她需要許家請來的律師爲她謀劃，到時候她勢必得對律師說出眞相。因此衡量再三後，她最終還是承認了下來。

「媽媽，妳要幫我，我不想坐牢！嗚嗚……」

以往許嬌嬌的哭泣，很多時候都是有目的性地裝可憐，哭起來梨花帶雨的，讓人我見猶憐。可這次她是眞的怕了，哭得不顧形象地眼淚鼻水糊了一臉，看起來狼狽不堪。

周婉琳心裡很生氣，可看著自小養大的許嬌嬌這麼驚恐，卻又覺得心疼：「現在知道後悔了，之前怎麼會那樣大膽？小青根本就不希罕回許家，妳倒好，急著要把人殺死。甚至在小青離開許家後，竟然還再次出手。許嬌嬌，我們從小是怎樣教導妳的？妳怎能生出那麼狠的念頭？」

聽到周婉琳的責罵，許嬌嬌反而心裡鬆了口氣。周婉琳願意罵她，至少代表對她還是抱持感情的。許嬌嬌就怕周婉琳會放棄她，眞的對她不管不顧。

許嬌嬌知道，周婉琳之所以一而再、再而三地縱容她，也是看在十多年來的情分。這是許嬌嬌唯一能夠勝過堇青的，是她掌握在手中的最大籌碼。

爲了把這籌碼的效果最大化，許嬌嬌組織了最能打動周婉琳的言語，開始對她哭訴：「我就是氣不過來！明明媽媽與哥哥們是我的，爲什麼要拱手讓人？我還記得每次生病時，媽媽都會徹夜不眠地照顧我。哥哥們每次出國，也不忘把好玩的、好吃的帶回來給我……這麼好的媽媽與哥哥們，我怎麼甘心就這樣子讓出去？」

許嬌嬌的話，成功喚醒了這些年來他們一起生活的溫馨回憶。雖然感到有些對不起堇青，可周婉琳還是對許嬌嬌心軟了：「這次媽媽會幫忙想辦法，只是妳要答應我，出去以後，不許再針對小青了。」

許嬌嬌連忙應允下來，她這次是眞的後悔了。許嬌嬌總覺得堇青這個人實在很邪門，雖然每一次都不是堇青主動對付她，可是只要事情涉及堇青，最終倒楣的人卻一定會是堇青的敵人。

多次下來，雖然許嬌嬌心裡不願承認，但其實她眞的有些怕堇青這個人了。

只是做了這麼多壞事以後才來後悔，事情眞的會如同許嬌嬌所願，只要她罷手，便能夠輕易獲得諒解嗎？

既然決定要保住許嬌嬌，周婉琳便想著與堇青好好就此事談一下。

案件進入了司法程序，已不是堇青說不追究便能夠當沒事發生。然而堇青身爲受害者，她的想法對這場案件的審判很重要。只要她願意在法庭上表示原諒許嬌嬌，那麼利用許家的力量運作一番，便能夠爲許嬌嬌爭取到最輕的刑期。

堇青離開許家時雖然與眾人不歡而散，但終究是親人，並沒有完全斷了聯繫，周婉琳還是知道堇青現在在哪兒。她知道兩個兒子已經與許嬌嬌離了心，擔心他們會不贊同她的做法，於是便瞞著兒子們，偷偷出國去找堇青。

當堇青看到千里迢迢趕來、面對自己時一臉侷促不安的周婉琳時，已經猜到對方風塵僕僕地過來找她，到底想與她說什麼了。

果然，周婉琳厚著臉皮向堇青提出了希望她能夠放許嬌嬌一馬的荒謬要求。

堇青對此一口拒絕：「我以爲我在離開許家時已經表達得很清楚了，我不會再摻和許家的事情，與許嬌嬌之間也沒有絲毫情分，更不認爲我應該放過這麼一個買凶謀殺我的凶徒。」

周婉琳聞言還想糾纏，在旁一直強忍著怒氣的韓峻見狀，便下了逐客令：「許夫人，我想阿堇與妳已經沒什麼好談了。請妳離開。」說罷，韓峻向別墅的下人示意：「送許夫人出去。」

周婉琳被下人帶走後，韓峻心疼地抱住一言不發的堇青，想給予她些許安慰。

堇青忍不住自嘲道：「我已經給了他們多次的機會，可惜還是與許家無緣。我好像總是沒什麼父母緣呢！」

堇青之所以一次又一次地退讓，並不是因爲她怕了許嬌嬌，只是想要看看許家人的眞心。

只要許家有哪怕一次是選擇站在她那邊，眞心考慮過她的難處，也許堇青便已經接納了這些新的家人了。

很可惜，在許家眾人眼中，與他們一起度過十多年歲月的許嬌嬌，絕對比堇青這個親女兒重要得多了。

聽著堇青惋惜的語氣，韓峻不禁爲她心酸起來。

他的阿堇，素來都是驕傲的。可她爲了配合許家一次又一次地妥協，然而對方卻沒有珍惜這些機會，終致雙方漸行漸遠。

可這沒關係，他們心疼他們看著長大的許嬌嬌，他也心疼這個與自己有著多世情緣的阿堇。

自己的老婆自己疼！

「不回許家沒關係，阿堇，我來當妳的家人，才不用希罕他們。」韓峻認眞地說道。

堇青嘴角忍不住翹了起來：「嗯，我不希罕他們，只希罕你。」

這次周婉琳的舉動明顯傷到了堇青的心，也熄滅了她對許家的期望，同時還實實在在地激怒了韓峻。

韓峻讓下屬對許家的產業進行了打壓，令本已陷入混亂的許家雪上加霜。

許庭安焦頭爛額地處理著各種事務時，收到了韓峻給他的短訊，只有簡單的一句警告：「別再來打擾我的未婚妻了！」

收到短訊的同時，來自韓家的打壓便如同那封訊息的突然到來般，也立時消失無蹤了。

許庭安心裡感到奇怪，看到短訊時便立即聯想到這是韓峻給他的警告。可是天地良心，這段時間他忙得分身乏術，絕對沒有去打擾過堇青呀！

呃……韓峻所說的未婚妻，是堇青沒錯吧？他應該沒有其他未婚妻吧？

所以這到底是什麼事呀？

就在許庭安感到滿心委屈、正想打電話質問韓峻之際，突然靈光一閃地想起在他埋首工作、無暇顧及家裡的期間，好像已經有好幾天沒有見過周婉琳了！

許庭安頓感不妙，立即電聯自家母親，並在對方支支吾吾的敘述中，絕望地了解到韓峻怒火的眞相。

許庭安知道，他們許家已經永遠失去堇青這個親人了。

然而還不待許庭安爲此多感傷心，警察再次光臨了許家，這一次，他們帶走了許庭偉！

因爲許嬌嬌支付給殺手的費用，用的是許庭偉的銀行帳戶！

許庭安此刻覺得人生眞是灰暗無比，許家處處都是待收拾的爛攤子，他都想撒手不管算了！

只是這也只能想想，許庭安又怎能眞的丟下許庭偉不管？但他只有一個人，最終還是決定先專注處理商場上的事情。

至於弟弟的事，許庭安通知了周婉琳後便交給她去處理。反正周婉琳該得罪的人都得罪得差不多了，事情也不能變得更加糟糕……

遠在異國的周婉琳得知許嬌嬌竟然再一次坑了許庭偉、還害得小兒子被警察抓捕，她整個炸了！

就如同堇青在她的心目中，總是怎樣也比不上看著長大的許嬌嬌，許嬌嬌在周婉琳的心裡，也是怎樣也比不上與她相處更久，還是自己親生的兩個兒子。

周婉琳是個很天眞、也很感性的女人。她做事全憑自己的喜好，可以因爲顧念舊情而想辦法幫許嬌嬌脫罪，也可以因爲小兒子屢屢受到許嬌嬌的連累，而討厭起對方這個惹禍精。

就像之前的賄賂事件，因爲許嬌嬌所爲損害了兩個兒子的利益，她便毫不猶豫地就把人送走。

許嬌嬌得知許家把爲她辯護的金牌律師撤回的同時，也獲知了許庭偉被自己連累而被捕了。

知道周婉琳正在氣頭上，這次是不會管她了，許嬌嬌為了自保，便開始甩鍋給許庭偉，說她得知堇青的身分後很難過，於是把事情告訴許庭偉；而對方向自己保證他只會有自己一個妹妹後，決定買凶暗殺堇青。

因為許庭偉一直很疼愛許嬌嬌，甚至在堇青回到許家後，還表現得更加看重她，經常在朋友的聚會中表示許嬌嬌才是他最疼愛的妹妹。再加上給殺手的錢來自於他的銀行帳戶，警方認為許庭偉不可能對此事一無所知，因此整個情況對許庭偉非常不利。

許庭偉覺得自己實在太冤枉了，許嬌嬌時不時便會向他撒嬌說沒錢花，許庭偉便辦了好幾張信用卡給她。許庭偉有多個帳戶，平時開銷又大，許嬌嬌花費的錢在許庭偉眼中算不上一回事，因此他根本沒有留意過……

當堇青與韓峻回國時，周婉琳與許嬌嬌已變得如同仇人般。最有趣的是，周婉琳竟然還想舊事重提，讓堇青出庭時為犯人求情。只是這次周婉琳想保護的對象，由許嬌嬌變成了許庭偉。

也幸好有過被韓峻針對的前車之鑑，許庭安及時阻止了母親大人出昏招。免得她去打擾堇青，而惹怒了韓峻再次出手對付許家。

堇青作爲事件的受害者，對於判決卻並不怎麼擔心，畢竟韓峻搜集得來的資料非常詳盡，絕對足以把許嬌嬌繩之以法。而且堇青請的律師可不是吃素的，最終沒有任何懸念地讓許嬌嬌獲得她應得的懲罰！

至於許庭偉，雖受了一番驚嚇，但經過幾次審議後，最終還是被判無罪釋放。

即使只是虛驚一場，可是這種養女想要謀殺親女兒，還坑了兒子一把的戲碼十年難得一見；更何況之前許家還把那個白眼狼養女當寶，這段時間以來，許家不僅成了上流社會的笑柄，公司的股價更是跌了又跌。

畢竟現在誰都知道許家的眼光不行，做事又拎不清，很多人並不願意再與許家合作。即使許庭安努力想要力挽狂瀾，仍是收效甚微。現在的許家在普通人眼中雖依然是得要仰望的豪門，但無可否認已經在走下坡了。

相較於完全沉寂下去的許家，脫離許家的堇青可謂風光無比。她再度獲得了影后殊榮，更將與韓峻結婚，風頭可謂一時無雙。

隨著影后獎座而來的，還有一堆好劇本。很快地，堇青便從雪花般的劇本中挑選了一個自己喜歡的角色，只是離劇組開拍還有好一段時間，閒下來的堇青，便開始她在這個世界的慈善事業。

也直到此時，眾人才驚覺本以爲只是沾了韓峻的光才能待在上流社會的堇青，竟擁有不少產業。

其實穿越之前，堇青雖然因爲投資有度而有著豐厚的身家，可那時候的她終究閱歷尚淺，而且才剛剛眞正脫離了堇家，名下產業並不足以讓眾權貴驚訝。

然而因爲這一年，堇青有了國家上層的關照，給予她諸多優惠，這才讓她的產業在短時間裡有著驚人的成長，到達讓人驚歎的程度。

堇青之所以會受國家上層的青睞，則是因爲她的修眞者身分在國家政要面前並不是祕密。

韓峻身爲修眞者，在這個世界中是特殊的存在。當年爲了盡早獲得與韓家抗衡的力量，韓峻向一些當權者展露了他的不凡，這也是爲什麼短短幾年他已能夠達到讓韓家妥協的程度。

作爲他的伴侶，堇青也沒有特意隱藏她的特殊，畢竟以她修眞者的能力，絕對可以在地球上橫著走，因此堇青根本不用畏懼、忌憚任何人，很快地，一些人便察覺到她的不凡之處。

這些人有過之前與韓峻相處的經驗，知道任何威逼對他們都是無用之功。只有互惠互利，才能達至雙贏的局面。

得知堇青想做慈善，政府高層不僅爲她大開綠燈，更經常幫忙宣傳她的基金。平民百姓察覺不出什麼，只知堇青這個大明星人美心善，是官方認證的大慈善家。

然而上流社會的權貴，卻有不少人察覺到國家上層對堇青的重視。她這麼輕易便走到這一步，絕不是一個普通人可以做得到的。堇青沒什麼背景，既然如此，便是她有足以讓官方都要討好她的實力與價值了。

雖然不知道堇青到底有怎樣的價值，但也不妨礙這些權貴看許家的笑話，笑他們錯把魚目當珍珠，撿了芝麻，卻丟了西瓜。

菫青與韓峻的大婚之日，眾多有頭有臉的權貴都來了。要不是擔心太過引人注目，總統都想親自出席。雖然他終究顧忌許多方面的影響而沒有前來，但也託人送來了厚禮。

這一天，許家的幾人也來了，自從周婉琳到國外找過菫青以後，菫青對這家人徹底冷了心，與許家眾人便如同陌路人般。就連與韓峻結婚，菫青也沒有給許家發請帖。

見到許家三人出現在婚禮上，菫青沒有令他們難堪，而是像應付一般賓客般對他們客客氣氣，卻又帶著一股冷淡與疏離。

看著穿著一身華美婚紗，一臉幸福地依偎在韓峻身邊的菫青，周婉琳不禁紅了眼眶。她錯過了這孩子那麼多年，又因爲做出了錯誤的決定，現在只能待在賓客之中看著自己的女兒出嫁。

已失去的東西，也許才會讓人特別掛心。現在周婉琳經常想起堇青在許家時的短暫時光，愈來愈覺得這個知進退、落落大方的女生，才是她夢想中女兒的模樣。

她當時怎麼就不知道珍惜，反而拿許嬌嬌那個白眼狼當寶貝呢？

許庭安與許庭偉此刻心中也很複雜，他們想不到堇青竟然會變得如此出色。尤其許庭偉，他一直看不起這個在普通家庭長大的妹妹，認爲受著上流社會教育長大的許嬌嬌才是配得上許家的女兒。

然而事實卻很打臉，許嬌嬌各方面都比不上堇青。堇青離開了許家後，更像是獲得幸運之神的眷顧，在短短時間裡已到達了連許家也要仰望的高度。之前許庭偉對堇青的輕視，簡直就像是一場笑話。

堇青並不知道許家眾人複雜的情緒，今天是她與韓峻的大喜日子，即使在不同的小世界中她與韓峻也曾舉辦過婚禮，然而這裡是她出生、成長的地方。對堇青來說，地球終究與其他世界是不同的。

這一次，二人的婚戒依舊以堇青石爲主石。兩枚古典的歐式風格戒指有著低調的奢華，分別被套在彼此的無名指上。

交換戒指後，是新郎親吻新娘的環節。堇青微笑著向對方勾了勾手指，顯然有悄悄話要說。

韓峻疑惑地彎腰湊過來以後，堇青便在青年耳邊輕聲說道：「在這個世界的一生『結束』以後，我們回到修眞世界去補辦一次婚禮吧！」

就像地球對堇青來說是特別的，堇青認爲修眞世界對韓峻來說應該也有著特殊的意義。在修眞世界時，堇青一直沒有回應韓峻的感情，還欠對方一場婚禮，那就補回來吧！

已經渡過天劫、還有著眾多功德之力的他們擁有漫長的時光，堇青願意陪同韓峻到任何他想去的地方。

韓峻聞言瞪大了雙目，隨即動情地抱住了堇青：「阿堇，妳眞好！」

「哎呀！我們的衣服……算了……」堇青無奈又縱容地笑了笑，隨即不理會因爲擁抱而壓縐了的衣服，也緊緊回抱著韓峻。

「我當然好啊！正因為這麼好的我，才能夠配上那麼好的你。」堇青仰首笑道，隨即吻上了新郎的唇，獲得了對方的熱情回應。

一眾賓客報以熱烈掌聲，無論在座的這些人是真的為了祝福新人，或是有著別的什麼心思而前來這場婚禮，可此時此刻，他們也為新郎、新娘真摯又熱烈的感情而動容。

沒有人會否認，這對長相、氣質出眾，俱是人中龍鳳的俊男美女，是天造地設的一對。

堇青不信神。應該說，超脫了生死的她已經是近乎於神的存在。然而此時此刻，她卻像個虔誠的信徒般，抬頭充滿愛意地向韓峻說道：「當年你曾經送我一枚十字架吊墜，說我就是你的信仰。」

「可你知道嗎？你也是我的信仰。謝謝你給我一個家，我親愛的韓先生。」

《炮灰要向上》全書完

▲後記

大家好！又一部小說要完結了！

謝謝大家在這一年多的時間裡陪伴著堇青的成長，見證了我家美美的影后大人迎娶高富帥，登上人生的巔峰！

希望大家喜歡《炮灰要向上》這部小說，要是我的小說能夠給大家帶來正能量，那就太好了。

第一次嘗試寫快穿文，記得一開始寫《炮灰》的時候，實在很不習慣以一本書的篇幅來完成一個完整的故事。

寫了一年多，現在已經習慣了這種寫作模式。再寫回一般連載的故事，要重新好好地抓節奏了呢！XD

▲▲▲

說到新書，這一次是久違的西方魔幻背景喔！

以前寫故事的時候，我都是比較著重於劇情的推動。這一次，我想多寫寫各角色的想法，多描寫一下每個角色的特點。

冒險小隊中的眾人全都是那個世界的人眼中的異類，因此他們寧可離開家裡成爲出生入死的冒險者。我非常期待他們的成長，希望大家也能夠喜歡這些角色。

這次的故事是由男生做主角，他是世界上唯一的人類，是個珍稀生物呢！

可惜這珍稀生物並不太受人待見，主角爲了活命，只得加入了冒險小隊努力工作。請大家爲這可憐的主角打打氣吧！

▲▲▲

寫後記時正值跨年，新的一年祝大家身體健康，日日開開心心！

因為社會動盪不安，加上白豬在年尾的時候離開我了，二〇一九年對我來說實在稱不上是開心的一年。

希望新的一年有新氣象，事情能夠獲得完滿的解決。

香港人，加油！

香草

炮灰要向上

國家圖書館出版品預行編目資料

炮灰要向上 / 香草 著.
——初版. ——台北市：魔豆文化出版：蓋亞文化
發行，2020.02
冊； 公分.（Fresh；FS175）
ISBN 978-986-97524-9-7（第八冊：平裝）
863.57 108022380

fresh FS175

炮灰要向上 vol.8［完］

作　　者　香草
插　　畫　天藍
封面設計　克里斯
主　　編　黃致雲
總 編 輯　沈育如
發 行 人　陳常智
出 版 社　魔豆文化有限公司
發　　行　蓋亞文化有限公司
地址：台北市103承德路二段75巷35號1樓
電話：02-2558-5438　傳眞：02-2558-5439
電子信箱：gaea@gaeabooks.com.tw
投稿信箱：editor@gaeabooks.com.tw
郵撥帳號 19769541　戶名：蓋亞文化有限公司
法律顧問　宇達經貿法律事務所
總 經 銷　聯合發行股份有限公司
地址：新北市新店區寶橋路二三五巷六弄六號二樓
電話：02-2917-8022　傳眞：02-2915-6275
港澳地區　一代匯集
地址：九龍旺角塘尾道64號龍駒企業大廈10樓B&D室
電話：+852-2783-8102　傳眞：+852-2396-0050
初版一刷　2020年 2月
定　　價　新台幣 180 元
Published and printed in Taiwan

ISBN 978-986-97524-9-7

魔豆

魔豆